OUVRAGES DU MÊME AUTEUR :

Étude à propos d'antiquités recueillies en Tunisie.

L'Art ancien et les moulages du Louvre au Musée de Saint-Dizier.

VIEUX SOUVENIRS

DE LA

CAMPAGNE DE SYRIE

PAR

Louis HOUDARD
Conservateur du Musée de la Ville de Saint-Dizier (Haute-Marne)
Officier du Nichan Iftikhar de Tunis.

SAINT-DIZIER
IMPRIMERIE G. SAINT-AUBIN ET THEVENOT
PORT DU FORT-CARRÉ

1895

VIEUX SOUVENIRS

DE LA

CAMPAGNE DE SYRIE

PAR

Louis HOUDARD
Conservateur du Musée de la Ville de Saint-Dizier (Haute-Marne)
Officier du Nichan Iftikhar de Tunis.

SAINT-DIZIER
IMPRIMERIE G. SAINT-AUBIN ET THEVENOT
PORT DU FORT-CARRÉ

1895

VIEUX SOUVENIRS

DE LA

CAMPAGNE DE SYRIE

AVANT-PROPOS

A MES CHERS ENFANTS

Je dédie ces quelques pages extraites des Mémoires de ma vie militaire.

Les événements qu'elles rappellent sont loin d'être des actualités ; mais ils se passèrent dans une province de l'Empire turc où la France a de nombreuses sympathies. Tout ce qui la touche de loin comme de près n'est-il pas toujours intéressant ?

Je n'ai pas la prétention d'écrire en ces pages l'histoire de la campagne de Syrie, pas plus que celle des massacres qui l'ont précédée; je veux simplement donner le compte-rendu des faits auxquels je me suis trouvé mêlé, fixer le souvenir de ce que j'ai vu, appris ou observé au sujet de cette expédition. On y trouvera plutôt une relation de voyage que l'historique d'une campagne militaire.

Cependant, pour l'intelligence du récit, il est nécessaire de rappeler brièvement l'origine des événements — oubliés peut-être, certainement inconnus de beaucoup — ayant nécessité une intervention française en Syrie.

En 1860, cette province était habitée, comme encore

aujourd'hui, par des races hétérogènes, soumises à la domination ottomane et groupées principalement dans le Liban, l'anti-Liban et le Haouran ; mais de mœurs et de doctrines religieuses séparées du tout au tout. Les deux races les plus importantes étaient les Maronites et les Druses.

Les Maronites, chrétiens pleins de foi et de modestie, aimaient par dessus tout leurs montagnes ; ils n'avaient d'autres joies que les fêtes de leur église. La culture du mûrier et le travail de la soie les séduisaient bien plus que le maniement des armes. Ils étaient pleins de dévouement et de respect pour leurs vieilles familles princières. Enfin le patriarche était chez eux la première puissance à laquelle ils obéissaient. Autour d'eux se groupaient les Grecs catholiques et les Grecs orthodoxes de l'Eglise russe que leurs ennemis confondaient dans la même haine et les mêmes persécutions.

Les Druses au contraire, encouragés par une religion monstrueuse admettant l'inceste, la ruse, la fourberie et posant en principe que tout ce qui était caché était permis, avaient juré l'extermination des chrétiens dont ils ne parlaient qu'avec une rage féroce. Leurs instincts étaient sauvages, ils aimaient la guerre ; la vue du sang, l'odeur de la poudre les poussaient à la lutte. A côté des Druses se trouvaient les Métualis, secte séparée de l'orthodoxie musulmane, quelque peu entachée d'idolâtrie, qui s'associèrent à leurs conspirations contre les chrétiens.

Jusqu'en 1840 ces populations vécurent en paix, puis des luttes partielles eurent lieu en 1842, en 1845; en 1859, éternisant des inimitiés qui ne faisaient que grandir, et, lorsqu'en 1860 quelques chefs musulmans oublieux de leurs devoirs de protection sur tous les sujets du Sultan, eurent fait cause commune avec les Druses contre les Maronites, ce fut une explosion générale. Quinze cents Druses massacraient les populations chrétiennes de diverses localités les 8, 13 et 18 juin, pendant que deux mille autres égorgeaient depuis Deïr-el-Kamar jusqu'à Saïda. Ensuite, partout le pillage et l'incendie succédèrent aux meurtres dans toute cette contrée naguère si pittoresque et si florissante.

On crut un moment que les passions sauvages étaient assouvies et que les horreurs commises s'arrêteraient là, quand on apprit soudain que, le 9 juillet, environ dix mille chrétiens de Damas étaient tombés sous le fer de quelques centaines de musulmans fanatiques surexcités par les succès des Druses. Ces dernières nouvelles arrivèrent à Paris le 16; quelques jours après, l'envoi d'un corps d'armée en Syrie était décidé par l'Empereur, répondant ainsi aux traditions généreuses de la France, et — comme il le disait lui-même dans une lettre écrite de Saint-Cloud le 29 juillet à M. de Persigny son ambassadeur à Londres, — « cédant à l'opinion publique du pays qui n'aurait jamais compris qu'on laissât impunis non seulement le meurtre des chrétiens, mais l'incendie de nos consulats, le déchirement de notre drapeau, le pillage des monastères qui étaient sous notre protection ».

On a dit que le gouvernement ottoman avait été, je ne dirai pas l'instigateur, mais le témoin satisfait des désordres dont je viens de parler et que les massacres n'avaient eu lieu dans de telles proportions que par suite de son impuissance voulue à réprimer promptement l'œuvre de dévastation, et même de sa volonté d'anéantir des sujets chrétiens. L'histoire de cette époque néfaste des annales Syriennes a été écrite depuis longtemps, elle l'a été sous l'impression immédiate des faits accomplis ; elle a donc subi nécessairement l'influence des idées du moment. Aujourd'hui, après bientôt 35 ans écoulés, ce jugement de l'histoire doit être, ce me semble, bien modifié et, si l'on examine avec impartialité les événements dont il s'agit, on doit en tirer des conséquences bien moins sévères pour le gouvernement turc d'alors.

Je sais bien que des quantités de Musulmans, soutenus, conduits même par leurs chefs hiérarchiques, représentants du gouvernement, ont été gravement compromis dans l'insurrection du Liban, notamment à Deïr-el-Kamar et surtout à Damas ; qu'un grand nombre d'entre eux ont été arrêtés, emprisonnés, exécutés ; mais est-ce à dire pour cela qu'ils y étaient poussés ou encouragés par le gouvernement de la Porte ? Est-ce que chez tous les peuples, aussi bien parmi ceux qui passent pour jouir de la plus parfaite civilisation ; est-ce que, même chez nous, sans aller si loin, on ne trouve pas, aux époques de troubles révolutionnaires, des fauteurs de désordres décidés à tout compromettre, parmi ceux que leur position sociale devrait au contraire guider vers des sentiments opposés ?

Non, le gouvernement du Sultan ne pouvait pas, n'a pas pu être l'auteur responsable du massacre de ses sujets. C'eût été monstrueux et contraire à ses intérêts. Il n'a pas su le prévenir, c'est possible ; il n'a pas eu les moyens de l'arrêter dès ses débuts, c'est vrai ; mais il ne l'a pas prémédité. En admettant qu'il l'ait fait, comme on l'a dit, et que seule l'intervention française soit venue mettre obstacle à l'exécution de ses projets, est-ce que, depuis, il n'aurait pas au moins tenté d'arriver à ses fins, en suscitant de nouveaux désordres ?

Loin de là, l'occupation française a cessé en 1861, et depuis cette époque, c'est-à-dire depuis trente-quatre ans, aucun trouble ne s'est produit. Aussitôt la paix faite entre eux, les Druses sont revenus peupler leurs villages près de ceux des Maronites, en partie reconstruits par les Français ; dans certaines localités même, la population est partagée entre Maronites et Druses, vivant tous en bonne intelligence au milieu de centres musulmans importants. Partout le culte chrétien s'exerce sans entraves et, dans les écoles catholiques des villes, il n'est pas rare de voir des enfants de l'Islam recevoir l'instruction au même degré et sur les mêmes bancs que ceux des autres croyances, sans le moindre froissement, sans aucune contrainte.

Cependant tout récemment, dans le courant de ce mois, au moment où des meurtres et des brigandages, commis en Arménie, étaient promptement réprimés par les troupes impériales turques, on répandait le bruit que les Druses du Haouran avaient pillé des villages chrétiens dans le district de Merdjaioun; mais cette nouvelle fut aussitôt officiellement démentie par l'ambassade ottomane.

Donc, aujourd'hui en Syrie, la sécurité paraît complètement assurée et, par sa sagesse, par sa perspicacité, S. M. I. le Sultan Abdul-Hamid, ainsi que son gouvernement, par sa loyauté, avec le concours de l'armée impériale parfaitement réorganisée, sauront maintenir leurs sujets dans la voie du droit, du devoir et de l'honneur.

Saint-Dizier, le 28 novembre 1894.

L. HOUDARD.

VIEUX SOUVENIRS

DE LA

CAMPAGNE DE SYRIE

CHAPITRE PREMIER

L'ordre de départ. — Revue d'adieux. — L'Empereur au camp. — En route pour Marseille. — Embarquement sur le « *Gange* ». — Ma première nuit à bord. — Le détroit de Bonifacio. — Maddalena. — Caprera. — La Sicile.

Le 21 juillet 1860, je me disposais à prendre mon repas du matin, lorsque, contrairement à son habitude, le colonel Caubert du 5e régiment de ligne alors cantonné au camp de Châlons, me fit appeler d'urgence. Remplissant auprès de lui les fonctions de secrétaire, j'y courus tout en me demandant quel événement grave avait pu motiver cet ordre inattendu.

Le maréchal de Mac-Mahon qui commandait le camp venait de transmettre au colonel une dépêche de Paris lui prescrivant de mettre immédiatement le régiment sur le pied de guerre et de le tenir prêt à partir pour la Syrie. A peine étais-je installé au bureau, que le colonel me dictait déjà notes sur notes à faire parvenir à tous les officiers comptables du régiment ; et combien de lettres à écrire à la fois au maréchal, aux généraux, à l'intendant militaire, au commandant du dépôt, etc ! .. Je ne savais où donner de la tête. Cependant la besogne la plus urgente expédiée, je pus, moi aussi, songer au bonheur que j'éprouvais de prendre part à l'expédition que l'Empereur venait d'ordonner ; dans le camp tout était à la joie. Surpris par une aussi heureuse nouvelle qui, d'ailleurs fut annoncée au régiment au son de la musique, chacun s'entretenait des faits occasionnant cette future campagne : les massacres de Syrie qui depuis quelque temps ensanglantaient le Liban.

Quoique la nouvelle de l'expédition eût été rapide, l'ordre de départ ne fut pas aussi prompt. Des conférences diplomatiques se tenaient à Paris entre les représentants des grandes puissances européennes ; on avait suscité des embarras à l'intervention française et il fallut la ferme volonté de l'Empereur de porter secours aux malheureux chrétiens d'Orient, avec l'assurance de son désintéressement le plus complet dans cette intervention, pour triompher de toutes les difficultés.

Ce ne fut que le 3 août que les ministres plénipotentiaires d'Angleterre, d'Autriche, de Russie, de Prusse et de Turquie signèrent avec celui de la France, la convention qui décidait l'envoi d'un corps de troupes françaises en Syrie. Le même jour l'ordre de départ nous était transmis par le télégraphe.

Le 4, dans la matinée, le maréchal de Mac-Mahon passa une revue d'adieux aux troupes du camp appelées à faire partie du corps expéditionnaire : les 5e et 13e régiments de ligne et un escadron du 1er régiment de Hussards. Le maréchal était à pied ; quand il passa devant le front de mon régiment le colonel était à ses côtés. Je ne sais s'il remarqua le mouvement de tête que m'adressa ce dernier en arrivant devant moi, ou si son attention fut attirée par ma taille longue et fluette, toujours est-il que le maréchal s'arrêta et, me regardant attentivement, me demanda si je me sentais assez fort pour supporter les fatigues de la prochaine campagne. Sur ma réponse affirmative faite presque d'un ton de protestation contre son doute, il se mit à rire. Le colonel, souriant aussi et me regardant avec bienveillance, semblait me féliciter de ma réponse assurée.

Dès le lendemain le 1er bataillon du régiment partait pour Marseille par le chemin de fer, et le 2e bataillon avec l'état-major devait le suivre à un jour d'intervalle, quand un contre-ordre arriva dans la soirée. Je tremblais déjà en pensant que peut-être l'expédition projetée n'aurait plus lieu. Il n'en était rien heureusement. Ce n'était qu'un retard causé par l'arrivée de l'Empereur qui voulait encore voir les troupes avant leur départ. Il arriva dans la soirée du 6, et ce fut après sa revue d'adieu passée le lendemain que, de la place qu'il occupait à cheval dans le centre du carré formé par les 5e et 13e de ligne, il nous adressa d'une voix vibrante cette proclamation qu'il me semble entendre encore :

« SOLDATS,

« Vous partez pour la Syrie, et la France salue avec « bonheur une expédition qui n'a qu'un but, celui de « faire triompher les droits de la justice et de l'hu-« manité.

« Vous n'allez pas, en effet, faire la guerre à une « puissance quelconque ; mais vous allez aider le Sul-« tan à faire rentrer dans l'obéissance des sujets aveu-« glés par un fanatisme d'un autre siècle.

« Sur cette terre lointaine, riche en grands souve-« nirs, vous ferez votre devoir et vous vous montrerez « les dignes enfants de ces héros qui ont porté glo-« rieusement dans ce pays la bannière du Christ.

« Vous ne partez pas en grand nombre, mais votre « courage et votre prestige y suppléeront ; car partout « aujourd'hui où l'on voit passer le drapeau de la « France, les nations savent qu'il y a une grande « cause qui le précède, un grand peuple qui le suit ».

Après ces belles paroles qui nous firent à tous une profonde impression, les troupes défilèrent aux cris enthousiastes de « Vive l'Empereur ! » et chaque soldat partant reçut dans la journée une pièce de un franc neuve, présent direct de Napoléon III.

Notre départ fut enfin définitivement fixé au lendemain 8 août. A sept heures du matin, le 2e bataillon de mon régiment, avec tout ce qui composait l'état-major dans lequel je me trouvais classé par suite de mes fonctions, quitta le camp de Châlons, au milieu des acclamations des soldats des autres corps, et se dirigea vers la gare du chemin de fer où devait avoir lieu notre installation dans les wagons d'un train spécial. A onze heures le signal du départ était donné pendant que la musique jouait l'air national de cette époque « *Partant pour la Syrie* », devenu du reste tout à fait de circonstance.

Notre itinéraire nous obligeant de passer par Saint-Dizier, où le train s'arrêta dix minutes, j'eus le bonheur de voir, pendant ces quelques instants, ma famille et de nombreux amis accourus de tous côtés. Cette entrevue fut trop courte ; on a tant de choses à se dire avant de se quitter pour un si long voyage ; aussi mon émotion fut bien grande lorsqu'il fallut me séparer de mon père, de ma pauvre mère et de mes jeunes frères tout en larmes. Quand le train reprit sa course, les vivats de la foule qui avait envahi tous les abords de la gare, retentirent de tous côtés.

Il y eut une demi-heure d'arrêt à Chaumont pour le dîner, et nous étions en Bourgogne lorsque vint la nuit ; mais il nous fut impossible de dormir avec le bruit que chacun faisait et gênés comme nous l'étions par nos armes et tous nos équipements militaires. Cette nuit se passa comme s'était passée la journée précédente et comme devait se passer celle du lendemain, à causer, chanter et fumer.

A onze heures du matin, nous entrions en gare de Perrache, à Lyon, où l'on nous accorda une heure d'arrêt avec faculté de sortir de la gare, ce dont beaucoup profitèrent comme moi avec le plus grand empressement, heureux que nous étions de pouvoir allonger nos jambes engourdies par ces vingt-quatre heures passées en wagon, dans la même position, serrés les uns contre les autres. A midi tout le bataillon était de nouveau réuni, chacun reprenait sa place et le train continuait sa marche. Vers six heures, une demi-heure d'arrêt à Avignon nous permît de dîner ; mais ce ne fut pas sans peine que je pus, avec mes camarades, décrocher quelques vivres au buffet, au milieu d'une bousculade générale. La nuit nous surprit dans la contemplation du charmant paysage des rives du Rhône, nouveau pour la plupart d'entre nous, et le sommeil ne nous fut guère plus possible que la nuit précédente, quoique les conversations fussent moins bruyantes que la veille.

Il était une heure du matin quand nous arrivions à Marseille. Aussitôt rassemblé, le bataillon reçut l'ordre de se diriger vers l'arsenal pour l'encaissement des armes, en vue de la traversée ; nous devions embarquer le jour même à bord du « *Gange* », paquebot des Messageries habituellement affecté au service postal de la Méditerranée et qui avait été, comme tant d'autres, nolisé par l'État pour le transport des troupes.

A huit heures du matin on nous dirigea vers le quai d'embarquement, où plusieurs heures se passèrent durant lesquelles on s'occupa d'emmagasiner dans les flancs du vaisseau toutes les caisses d'armes, de munitions, d'équipements et de vêtements militaires, toutes les provisions, y compris des bœufs et des moutons qui furent logés sur le pont, ainsi que les chevaux des officiers.

Enfin le tour des hommes arriva vers quatre heures et cet embarquement se fit avec beaucoup d'ordre. Une heure après, tout le monde avait quitté terre, ou, pour me servir de l'expression des soldats, « *avait mis le pied dans le sabot* ».

Ce fut donc le 10 août, à cinq heures du soir, tandis que le « *Gange* » levait l'ancre, que l'expédition commença pour nous. La musique du régiment réunie à l'arrière du paquebot jouait des marches entremêlées toujours du « *Partant pour la Syrie* », et la foule amassée sur les quais nous saluait de ses cris enthousiastes, en même temps que les équipages de deux bâtiments anglais nous envoyaient, du haut des haubans, des hourrahs formidables, auxquels nous répondions d'ailleurs avec un entrain non moins remarquable.

Pendant ce temps là le « *Gange* » s'avançait doucement au milieu des nombreux vaisseaux mouillés dans le port de la Joliette que nous quittions bientôt pour aller passer près du rocher du château d'If, non loin de la sortie du port et, deux heures après, les côtes de France disparaissaient complètement à nos regards.

A la tombée de la nuit, le vent s'éleva et le ciel s'assombrit rapidement. La chaleur du jour avait été accablante ; on craignit un orage. Déjà quelques éclairs sillonnaient les nues en longues traînées de feu ; mais sans souci de ce qui pouvait arriver et pressés par le sommeil qui nous avait fui pendant deux nuits, chacun de nous s'installa de son mieux pour dormir.

Pour la première nuit à bord, cette installation laissait beaucoup à désirer ; nous étions sur le pont environ 900 hommes, il était donc peu facile de s'y coucher avec toutes ses aises. Cependant, je parvins tant bien que mal à m'allonger dans un coin, roulé dans ma couverture. A peine étais-je endormi, qu'il me fut impossible de tenir en cet endroit. J'avais eu la funeste idée de me placer auprès des amarres des cordages servant à manœuvrer les vergues et, comme le vent augmentait et que la mer devenait de plus en plus houleuse, les matelots pressés dans leurs manœuvres, me marchaient sur le corps sans le moindre scrupule. Aussitôt réveillé je voulus quitter la place pour en chercher une autre plus hospitalière ; mais là était la difficulté. Néanmoins je ramassai ma couverture et mes autres objets, et j'allais, sans méfiance, me mettre en quête d'un nouveau gîte, quand un fort mouvement de roulis vint me faire perdre l'équilibre et retomber au même endroit. Malheureusement en tombant, j'avais involontairement porté la main sur mon voisin qui, se trouvant désagréablement dérangé dans son sommeil, se mit à pousser des grognements significatifs. Peu disposé à m'excuser, je fis semblant de ne pas l'entendre, et bientôt il se rendormit.

Avant de songer à me relever une seconde fois, je voulus chercher du regard où diriger mes pas, pour y aller cette fois avec plus d'assurance. Je vis alors autour de moi, à la lueur blafarde des quelques lanternes du bord, le spectacle le plus drôle qu'il soit possible d'imaginer. Figurez-vous tous ces hommes couchés dans tous les sens : des têtes, des pieds, des bras étendus et des jambes entremêlées de la façon la plus originale, le tout tellement disposé qu'il était impossible de retrouver au juste à quel corps chacun de ces membres pouvait appartenir. Le pont avait complètement disparu, impossible de découvrir le plus petit endroit pour passer sans marcher sur quelqu'un. Je m'expliquai alors comment il se faisait que les matelots m'avaient si bien piétiné.

Après avoir quelque temps examiné ce curieux tableau, et désespérant presque de pouvoir sortir de là, je m'aperçus qu'il y avait peu de monde à une dizaine de pas de moi, sur l'avant du paquebot. Immédiatement je me mis en route, mais non sans les plus grandes difficultés. Obligé de marcher accroupi pour ne pas tomber de trop haut et chargé de mon bagage devenu en cette circonstance fort embarrassant, je ne pouvais faire un seul pas en avant, sans rouler sur quelqu'un qui aussitôt se mettait à crier. Néanmoins je poursuivis mon excursion sans m'occuper des colères que je provoquais malgré moi, et je finis par arriver à mon but.

L'avant du vaisseau était plus élevé que le pont et l'on n'y était pas, comme dans les autres parties, garanti par des bastingages. C'était à cause de cette particularité sans doute qu'il y avait si peu de monde en cet endroit ; mais je ne l'avais pas remarqué par suite de l'obscurité, et cela faillit me coûter la vie.

En effet, je m'étais bientôt rendormi malgré le roulis et le tangage toujours de plus en plus prononcés et malgré la pluie survenue dans l'intervalle, quand, environ deux heures après, je me sentis violemment tiré par une jambe, pendant qu'on m'interpellait d'une façon très énergique. Il était temps, un mouvement de plus, me dit-on, et je roulais à la mer.

D'abord tout disposé à me fâcher, je revins bien vite à de meilleurs sentiments, quand j'eus conscience du danger que j'avais couru. Lorsque je voulus remercier mon sauveur, un matelot, il avait disparu.

Vu les inconvénients graves d'un séjour plus prolongé sur ce point, je me relevai de nouveau, résolu à aller reprendre mon ancienne place, au risque de me sentir encore écraser. Je m'en retournai donc par le même chemin et avec les mêmes difficultés que la première fois. Fort heureusement, je retrouvai encore cette place à peu près libre. Avec un peu de patience, je finis par pouvoir me rouler de nouveau dans ma couverture, petit à petit je pus m'étendre sans trop exciter de colères autour de moi et je me rendormis pour la troisième fois. Pendant ce temps là l'orage s'était apaisé ; le reste de la nuit s'écoula sans autre incident. Au réveil du lendemain, quand tout le monde fut debout, la mer était redevenue calme, une belle journée se préparait.

On procéda dès le matin à une installation plus régulière que la veille. L'arrière du bâtiment fut laissé libre ; il était dans le jour réservé aux officiers, pendant la nuit seulement la troupe pouvait y aller se coucher. En se rapprochant du centre, on trouvait les écuries mobiles où étaient enfermés les chevaux de notre état-major. Ensuite tout le reste du pont était occupé par les compagnies du régiment, suivant leur ordre de marche. La section dont je faisais partie, composée des sapeurs, des musiciens, des secrétaires, des armuriers et autres ouvriers, fut placée la première à la suite des écuries mobiles. Devant occuper nuit et jour l'endroit qui m'était attribué, je me trouvais donc relativement bien, à peu près au centre du pont, non loin de l'escalier conduisant à la chambre des machines.

Favorisés par un temps magnifique nous avançions rapidement. La mer était unie comme une glace, « *douce comme de l'huile* » disaient les matelots, pas la plus petite brise ne ridait sa surface. Bientôt nous distinguions au loin les montagnes de la Corse et vers trois heures nous arrivions dans le détroit de Bonifacio. Les matelots nous montrèrent en passant le rocher près duquel la frégate « *La Sémillante* » fit naufrage en 1854, tandis qu'elle transportait des troupes en Crimée. Un petit monument élevé sur la pointe de l'île Marguerite, la plus voisine du sinistre, rappelle ce triste événement et les noms des 571 victimes.

Le détroit, très resserré entre la Corse et la Sardaigne, est peuplé de récifs. Ces immenses rochers noircis par le temps, dépourvus de verdure, donnent au paysage des côtes riveraines un aspect sévère et imposant.

Bientôt après nous étions en vue de la petite ville italienne de Maddalena, dans l'île de ce nom, voisine de la Sardaigne. Cette ville peuplée de maisons d'une blancheur éclatante, est gracieusement assise autour d'une baie qui, depuis, a été transformée en un port militaire fort important. En passant devant Maddalena on hissa le pavillon français au grand mât et la musique joua.

Le paquebot pénétra ensuite dans un étroit canal qui longe l'île de Caprera, séjour habituel du général Garibaldi, à cette époque, et passa à une très petite distance de la maison du général qui du reste poursuivait alors sa campagne des Deux-Siciles, commencée par le débarquement de Marsala et qui devait se terminer par la conquête du royaume de Naples.

Nous reprenions ensuite la haute mer, sans trop nous éloigner cependant de la côte orientale de la Sardaigne que nous avons suivie jusqu'au soir.

Cette seconde nuit se passa pour moi beaucoup plus calme que la précédente. Outre que j'étais mieux placé pour dormir, nous avions toujours un temps superbe.

Le lendemain, 12, dans la matinée, nous croisions l' « *Indus* », paquebot des Messageries revenant de Syrie. Il nous salua en amenant trois fois son pavillon ; le « *Gange* » lui rendit son salut pendant que la musique jouait en son honneur. Dans l'après-midi, la terre reparut, nous étions dans les eaux des îles Marittimo, Levanti et Favignana, que nous quittions bientôt pour nous rapprocher de la Sicile. Vers six heures du soir nous étions en vue de la ville de Marsala, l'ancienne Lilybée, qui nous apparut largement étalée sur le rivage, au milieu d'un riche cadre de vignes. Mais Mezzara, que nous distinguions plus vaguement à quelque distance de là, semblait l'éclipser par le nombre de ses clochers et de ses constructions imposantes. A cette heure du jour, les derniers rayons du soleil couchant jetaient un magnifique reflet sur cette île luxuriante de verdure.

CHAPITRE II

Escale à l'île de Malte. — Le feu dans la soute au charbon. — Accident à la machine. — Le paquebot en détresse. — Les Marsouins. — La Grèce ! nouvelle terre promise. — Un vapeur autrichien vient nous secourir. — En rade de Navarin.

Le 13 août, à dix heures du matin, nous étions en vue de l'île de Malte qui nous apparut de loin comme une masse grise, oblongue. A mesure que le paquebot s'approchait, nous distinguions les nombreux forts qui défendent le grand port de l'île et sa citadelle. La Valette se dressa bientôt devant nous en une masse compacte de forts, de remparts et de maisons à toits plats s'étageant les unes au-dessus des autres en amphithéâtre. La ville est entourée d'une muraille fortifiée qui lui donne un aspect rébarbatif ; baignée de chaque côté par la mer, elle est comme isolée dans sa presqu'île, entourée de baies profondes qui forment des ports secondaires s'ouvrant sur les deux grands, dans lesquels des escadres, des flottes entières peuvent tenir à l'aise.

Vers onze heures nous entrions dans le port marchand, au son de la musique, par une étroite passe que défendent de tous côtés des batteries hautes et des batteries à fleur d'eau, abritées dans le roc et donnant à cette partie de l'île un aspect formidable. En face de cette passe, la vieille cité repose sur son énorme rocher.

Le paquebot ne devant s'arrêter que le temps nécessaire pour s'approvisionner de charbon, personne ne descendit à terre à l'exception de notre colonel et de quelques officiers qui allèrent saluer le gouverneur de l'île dans l'ancien palais des chevaliers de Malte.

A mon grand regret, je ne pus contempler que de loin cette cité si riche en souvenirs, et je dus me borner à n'en examiner que l'extérieur.

L'aspect de la ville m'a paru des plus coquets ; des rues en escaliers à larges dalles gravissent les pentes de la colline sur laquelle elle est bâtie et coupent à angles droits d'autres rues qui la parcourent dans sa longueur. De belles et solides maisons, garnies de balcons en saillie et couverts de vérandas vitrées, remplies de fleurs, s'élèvent sur le port de la façon la plus gracieuse.

Au milieu de la ville et la dominant majestueusement, nous apercevions, s'élançant dans les airs, la belle flèche de l'église Saint-Jean, cathédrale de l'île, qui renferme les dépouilles des illustres chevaliers.

Pendant que mon attention était attirée par cette vue pittoresque, une foule de jolies barques étaient venues environner notre navire. Un grand nombre de ces barques étaient chargées de curieux, d'autres étaient remplies de provisions de tabac, de cigares et de fruits de toutes sortes, melons, figues, raisins, pastèques, etc... Les soldats achetaient à l'envi de toutes ces choses que les Maltais plaçaient dans des coufins, ou petits paniers en jonc, et que l'on amenait à bord au moyen d'une corde. Mais le marchand avait bien soin de ne la lâcher que quand on lui avait envoyé la monnaie. Quelques pièces, lancées trop loin d'abord par mégarde, tombèrent à l'eau. Elles n'étaient pas perdues pour cela ; les enfants des chaloupes, plus lestes que des singes, s'élançaient aussitôt à leur poursuite, la tête la première et remontaient bientôt à la surface de l'eau avec la pièce entre les dents. Ce manège fort divertissant pour nous, se renouvela souvent, car désormais c'était avec intention que nous jetions notre monnaie à la mer : nous nous en faisions un jeu. L'eau était tellement limpide que nous pouvions voir longtemps ces pièces descendre graduellement et que, quand les enfants plongeaient, nous les suivions des yeux, très loin dans la profondeur de l'eau, où d'ailleurs ils paraissaient aussi à l'aise que de véritables poissons.

Nous étions très occupés de cet amusement d'un nouveau genre, quand un autre incident vint attirer nos regards. C'était l'arrivée à bord de nombreux officiers et sous-officiers de la garnison, appartenant à un corps de la garde royale anglaise. La réception qui leur fut faite par nos officiers, au son de la musique, fut très courtoise et je me suis laissé dire que, dans l'entrepont, il avait été vidé, en leur compagnie, de nombreuses bouteilles de champagne. Ils ne quittèrent notre bord que quand on fut sur le point de partir.

Ce départ eut lieu à trois heures après-midi. Une foule de monde y assistait, les acclamations partaient de tous côtés, des terrasses, des fenêtres, des balcons et des quais les plus proches. Les femmes agitaient leurs mouchoirs, ou des drapeaux, voire même leurs jupons et les soldats rangés sur le pont, grimpés dans les cordages, sur les haubans, répondaient avec frénésie à tous ces saluts. Une partie de la garnison était accourue sur le rivage et sur les fortifications et, tandis qu'une de ses musiques jouait l'air français *Partant pour la Syrie*, la nôtre entonna l'air national anglais. Cette particularité ajouta encore sa note à l'enthousiasme général, les vivats les plus chaleureux éclatèrent de nouveau. La musique jouait encore, que déjà nous avions franchi la passe qui nous ramenait vers la mer, et bientôt après la terre de Malte disparaissait de notre horizon, laissant dans nos cœurs un souvenir agréable des quelques heures que nous y avions passées.

Vers dix heures du soir, allongé dans le coin que je m'étais réservé sur le pont, je m'étais endormi avec toute la satisfaction d'un homme heureux, quand je fus soudainement réveillé par un va-et-vient précipité. Voulant voir ce qui se passait sans trop me déranger, je me hasardai seulement à sortir la tête en dehors de ma couverture. Je vis alors beaucoup de monde courir dans toutes les directions, des officiers, des matelots, des soldats ; tous me semblaient très affairés et se dirigeaient vers un même point, l'escalier de la machine, par lequel ils disparaissaient les uns après les autres. Ce ne fut que deux heures après, quand ils remontèrent sur le pont, que je pus savoir de quoi il s'agissait. Il y avait eu un commencement d'incendie dans la soute au charbon attenant à la machine. On avait fait jouer la pompe et fort heureusement l'incendie n'avait pas eu de suites fâcheuses, au moins pour nous.

La journée du lendemain 14 se passa tranquille et toujours en pleine mer, mais sous un ciel de feu, un soleil accablant, malgré les toiles qui avaient été tendues au-dessus du pont, pour nous abriter de ses rayons brûlants. Au coucher du soleil une légère brise s'éleva, qui vint répandre un peu de fraîcheur et faire renaître dans les groupes leur entrain habituel un moment assoupi.

A six heures du soir, pendant que les officiers étaient à dîner, la musique jouait, quand tout à coup, dans l'intérieur du navire, une détonation épouvantable se fit entendre, immédiatement suivie de quatre autres successives, presque instantanées. Les visages pâlirent ; tout le monde se regarda effrayé, anxieux, sans proférer une parole ; on semblait s'attendre à une mort certaine, inévitable et que l'on se sentait incapable de conjurer.

Fort heureusement le premier mécanicien fut admirable de sang-froid en un tel moment. Du pont où il se trouvait il sauta précipitamment dans la chambre de la machine et tourna le robinet de sûreté ; nous étions sauvés.

Aussitôt la vapeur qui s'accumulait dans la chaudière, s'échappa bruyamment par cette heureuse issue. Quelques secondes plus tard et tout sautait. Tout cela s'était passé en moins de temps qu'il n'en faut pour l'écrire. Bientôt après, tout rentra dans le calme et le silence ; le navire au milieu d'une mer limpide et tranquille ne bougeait plus.

Au premier moment, le capitaine du paquebot croyant que nous avions donné contre un rocher sous-marin, était accouru, pour donner les premiers ordres de sauvetage possible, mais inutile, vu la grande distance qui nous séparait de la terre. Il revint bientôt pour nous rassurer et nous dire que ce n'était qu'un accident qui ne pouvait nous occasionner que du retard. Puis le colonel vint à son tour, nous apprendre ce qu'il en était réellement. C'était le grand arbre de couche de la machine qui s'était rompu. Cet immense morceau de fer qui transmet le mouvement à l'hélice, s'était cassé comme du verre et avait brisé dans sa chute tout ce qui résistait. La machine ne pouvait plus servir sans une réparation complète.

Que l'on juge du danger que nous aurions couru si la chaudière eût éclaté : nous étions à environ cent lieues de la terre la plus rapprochée, et pas une voile, pas un vapeur à l'horizon, pour nous porter secours : nous étions infailliblement perdus. Tout d'abord nous avions été tous attérés, anéantis, puis avec une précipitation fiévreuse les canots avaient été détachés de leurs supports, quelques soldats s'étaient débarrassés de leurs vêtements et se disposaient à se lancer follement à la mer.

Le danger passé, on se remit bien vite de cette violente émotion et cet événement devint naturellement le sujet des conversations de toute la soirée.

A la tombée de la nuit, le vent s'éleva un peu, on largua les voiles. Heureusement qu'il ne soufflait pas en tempête, sans quoi ce moyen de locomotion nous aurait peut-être encore échappé, car les matelots nous dirent que l'on ne s'était pas servi des voiles depuis six ans que le « *Gange* » naviguait sans accident.

On fit peu de chemin pendant la nuit, et la journée du 15 août, qui nous trouva presque au même endroit que la veille, ne se passa pas très gaiement à notre bord. Bien que ce fût le jour de la fête de l'Empereur, on nous rationna encore plus qu'à l'ordinaire.

En effet, combien de temps cette situation pouvait-elle durer ? On ne le savait pas. Une seule chose pouvait nous tirer de l'embarras dans lequel nous étions : la rencontre d'un bâtiment à vapeur assez fort pour nous remorquer ; mais quand le verrait-on venir ?... Cependant nous espérions beaucoup nous trouver sur la route des autres vaisseaux transportant aussi des troupes en Syrie et partis après nous. Par une fatalité incompréhensible, tous passèrent, on n'en vit pas un.

Dès la matinée du 15, les quatre petits canons du bord avaient été chargés pour donner l'alarme et appeler à notre secours dès qu'un vaisseau quelconque paraîtrait, de même qu'un matelot muni d'une longue-vue, avait été placé en vigie dans la grande hune.

La journée fut d'un calme désespérant, comme celle du lendemain ; c'est à peine si nous avons fait cinq lieues dans ces deux jours. Dans la nuit du 16 au 17, un vent assez sensible nous poussa dans la direction du cap Matapan, au sud de la Grèce. Il continua de souffler pendant la journée du 17 et nous fit marcher assez vite. Néanmoins, on avança peu, car ce vent n'étant pas très favorable à la direction que l'on s'était décidé à suivre, nous étions obligés de louvoyer.

Nous commencions cependant à nous faire à cette existence là ; nous savions avoir des vivres en abondance, et nous ne pouvions pas supposer qu'il s'écoulerait encore un long temps sans voir soit une côte quelconque, soit un navire. Nous passions nos journées le plus agréablement possible, malgré la chaleur torride qui nous accablait. On jouait aux cartes, au loto, ce jeu favori du soldat qui sait si bien l'agrémenter de réflexions comiques, on fumait beaucoup, et puis tous les jours la musique venait nous distraire pendant une heure, de même que chaque soir on organisait des chœurs de chant que nous écoutions avec un plaisir infini. Que de fois aussi nos regards consultaient l'horizon, le matelot en vigie ! mais rien, nous étions toujours isolés, perdus dans cette immensité.

La provision d'eau douce commençait à s'épuiser ; à partir de ce jour on distilla de l'eau de mer que l'on nous donna à boire, toujours par rations. Cette boisson tiède et fade n'était pas du tout agréable ; mais il faisait si chaud qu'on la buvait quand même.

Au calme habituel du commencement de la journée du 18, succéda dans la matinée encore une émotion causée par un léger accident. Une voie d'eau s'était déclarée dans la cale. On mit des soldats à la pompe que l'on dut manœuvrer pendant plusieurs heures et la réparation se fit sans autre incident.

Dans le courant de cette même matinée, plusieurs bâtiments à voiles nous croisèrent, mais de fort loin : on ne put communiquer avec eux. On distingua cependant un navire autrichien paraissant d'un fort tonnage ; mais lui aussi était à voiles, il ne pouvait nous être d'aucun secours, on le laissa passer.

Vers le milieu du jour un spectacle nouveau vint rompre la monotonie qui nous poursuivait depuis quelque temps. Une troupe énorme de marsouins avait envahi les abords du paquebot. Nageant de la façon qui leur est particulière en tournant autour de nous, tous ces énormes poissons semblaient exécuter un steeple-chase effréné de l'effet le plus risible. Ils passaient à peu de profondeur, puis comme poussés par un ressort, ils sortaient entièrement de l'eau, puis y rentraient en plongeant, pour en ressortir un peu plus loin et recommencer maintes fois le même manège avec une vitesse prodigieuse.

Les matelots nous apprirent que cette façon de voyager n'est pas habituelle aux marsouins. Ils suivent ordinairement les navires à une plus grande profondeur; mais quand la mer doit devenir agitée, et chassés sans doute par un commencement de houle sous-marine, ils arrivent à la surface pour exécuter les sauts extraordinaires dont nous avons été témoins.

Ce curieux spectacle se continua assez longtemps, puis toute la bande s'éloigna ne laissant que quelques retardataires qui, de loin en loin, se montraient encore excitant les rires de tout le monde.

D'après les matelots cette apparition était donc un signe précurseur du mauvais temps. En effet, quelques heures après, la mer commençait à moutonner. Du bleu limpide et clair qu'elle offrait à la vue le matin, elle était devenue d'une couleur bleue foncée presque noire. Des vagues très courtes s'élevant brusquement au-dessus de la surface de l'eau et se brisant entre elles formaient comme de petits monticules qui se terminaient par une sorte de panache de mousse d'une extrême blancheur. D'abord ces vagues étaient rares, éloignées les unes des autres, bientôt elles se rapprochèrent et se multiplièrent à l'infini. En regardant de tous côtés vers l'horizon, on se voyait entouré d'un vaste cercle d'écume.

En même temps que les vagues devenaient plus nombreuses, le roulis et le tangage commencèrent à faire sentir l'effet désagréable du mal de mer. Beaucoup de soldats en furent atteints ; les autres, en plus grand nombre, parmi lesquels je me trouvais, supportèrent très bien cette petite épreuve. Nous étions même satisfaits de saisir cette occasion de nous faire le pied marin, et puis enfin cela nous changeait un peu. Depuis huit jours que nous avions quitté Marseille, à part le petit orage de la première nuit passée à bord, nous avions eu huit jours de calme plat.

Le gros temps continua durant toute la nuit et toute la journée du lendemain. C'était le 19. On ne voyait toujours rien, ni vapeur, ni terre, rien qui nous fît espérer un changement prochain dans notre destinée. D'après les matelots et les paroles du capitaine du paquebot, nous approchions cependant de la côte qui devait être pour nous le salut. Comme pour nous en donner une preuve, et ce fut un bon signe pour tous, on nous distribua ce jour-là une double ration... d'eau.

Le vent, qui depuis deux jours soufflait d'une façon peu favorable, tourna dans la soirée et nous fit avancer rapidement vers le Nord. La mer était encore plus houleuse que la veille, néanmoins tous les passagers s'endormirent ce soir-là pleins de confiance dans l'avenir. Nous comptions tous sur la journée du lendemain pour nous donner au moins l'espoir de la délivrance.

Cet espoir ne fut pas déçu. A quatre heures du

matin, le matelot de vigie signala la terre. Tout le monde fut debout à la fois, les yeux tournés vers cette côte tant désirée qui nous apparaissait dans le lointain, sombre, vague, indécise, mais qui nous promettait le secours et le repos. La joie fut générale ; on ne se lassait pas de regarder ces montagnes, cette vieille terre de Grèce que nous allions bientôt toucher.

A huit heures du matin, nous en étions aussi rapprochés que le permettait l'état de la mer combiné avec nos moyens de direction. Car ce que nous avions à éviter avec soin, c'étaient les rochers nombreux qui peuplent ces côtes.

Toujours poussé par le même vent, le paquebot faisait voile vers le cap Matapan, pour le doubler et aller relâcher au Pirée, l'antique port d'Athènes, quand, vers dix heures, le matelot de vigie signala un vapeur qui passait dans le lointain. Immédiatement l'équipage donna l'alarme avec les quatre canons du bord ; mais on ne put parvenir à se faire entendre. Le vapeur semblait prendre le large. Alors le capitaine fit mettre à la mer une embarcation avec toutes sortes de provisions, et le lieutenant du « *Gange* », porteur d'une lettre du capitaine, partit accompagné de quatre matelots ramant à toutes forces vers le bâtiment qui passait.

Avec quelle anxiété ne suivit-on pas cette frêle embarcation montée par cinq hommes se dévouant pour notre salut à tous !... Le vapeur était loin, bien loin de nous, nous ne distinguions presque que la fumée de sa machine. La mer était toujours fort agitée. Bientôt l'embarcation ne nous apparut plus que de temps en temps, comme un point, quand elle gravissait la vague, puis elle disparut tout à fait.

Le vapeur étranger avait-il enfin aperçu nos matelots ? Avait-il vu cette chaloupe qui cherchait à l'atteindre ? Oui, sans doute, car nous le vîmes tout à coup changer de direction et se porter au-devant d'elle. Quand ils se furent rencontrés, il y eut un mouvement du vaisseau qui nous laissa dans une cruelle incertitude sur ce qu'il allait faire, puis il tourna dans notre direction et s'approcha de nous avec rapidité. Il y avait plus d'une heure que le lieutenant et ses quatre matelots étaient partis quand le vapeur nous rejoignit.

C'était le « *Stadium* », paquebot à roues du Lloyd Autrichien.

Il fut salué par nous tous avec une vive reconnaissance et tous ses passagers nous rendirent nos saluts avec prodigalité. Nous en étions d'autant plus touchés, que nous nous trouvions en présence d'Autrichiens que, l'année précédente, nos troupes avaient largement battus dans les plaines de la Lombardie.

Après des pourparlers entre les commandants des deux bords, il fut convenu que le « *Stadium* » qui allait à Trieste, nous remorquerait jusqu'à Navarin, afin de ne pas trop s'éloigner de sa route.

Un énorme câble fut passé d'un navire à l'autre et

tous deux se remirent en mouvement, puis se rapprochèrent de la terre que l'on côtoya jusqu'à destination. Vers une heure de l'après-midi nous passions en vue de Modon, à très courte distance. Nous pouvions parfaitement distinguer ses constructions, ainsi que le môle terminant l'ancienne digue qui abrite son port. Quelque temps après nous apercevions encore une autre bourgade, puis nous arrivions à l'entrée de l'immense rade, rendue célèbre par le fameux combat naval de 1827. Une demi-heure après nous jetions l'ancre devant Navarin.

Le site de cette ville est très pittoresque. Assise autour de la petite baie qui lui fait un second port dans le grand, elle est entourée de rochers et de hautes montagnes. Un fort la domine vers le Sud. Il était occupé à cette époque par la garnison et par des condamnés aux travaux forcés. De hauts palmiers s'élevaient de son intérieur, au-dessus d'eux, le pavillon grec flottait à l'extrémité d'un grand mât.

Le reste du jour fut pour nous plein d'agrément. Les Grecs arrivèrent en foule, avec des barques chargées de fruits. Puis le capitaine du vapeur autrichien vint à bord du « *Gange* ». On le reçut au son de la musique. Quand il fut remonté sur son bâtiment, le « *Stadium* » nous quitta pour continuer sa route dans l'Adriatique, emportant avec lui nos correspondances pour la France.

Avant son départ, le colonel lui avait aussi remis une dépêche pour le ministre de la guerre à Paris.

Elle devait être expédiée de Corfou par les soins du consul de France ; mais là encore un accident — nous l'avons appris plus tard — le télégraphe sous-marin était rompu. Ce ne fut qu'à Trieste que notre consul général put donner avis de la détresse du « *Gange* ». Sur un ordre parti de Paris, à la réception de cette dépêche, un paquebot quitta Marseille le jour même pour venir nous rejoindre à Navarin.

Après le départ du « *Stadium* », le capitaine du « *Gange* » et le colonel se rendirent à terre pour négocier un débarquement du bataillon, en attendant l'arrivée du bâtiment demandé en France. Ils revinrent une heure après avec une autorisation en règle qui nous fit promptement oublier toutes nos émotions passées. Au moment de mettre le pied sur cette terre classique, autrefois illustre, nous bénissions l'accident qui nous procurait l'avantage de voir ce petit coin de la Grèce que nous n'eussions jamais vue sans cela.

Le reste de la soirée fut occupé par des visites nombreuses et continuelles du consul français, des notables de la ville et des officiers grecs de la garnison.

C'est au cours d'une de ces visites que l'on nous fit observer, dans la profondeur des eaux, une chose extrêmement curieuse : ce qui restait des bâtiments de la flotte vaincue en 1827. Ils étaient encore là coulés au fond du golfe. L'eau d'une limpidité extraordinaire permettait, surtout à certains moments du jour, d'en examiner quelques détails que l'on pouvait distinguer avec beaucoup de netteté. Ces vaisseaux nous apparurent comme complets, couchés sur le flanc, leurs mâts nous semblèrent encore en place ; mais des plantes marines les enveloppaient en grande partie.

J'ai aussi remarqué sur les bords de la mer, à ce même endroit, de vieux canons enfoncés dans les sables. C'étaient encore sans doute des débris de la célèbre bataille navale. Ils servaient alors d'amarres aux bateaux pêcheurs.

CHAPITRE III

Séjour à Navarin. — Chez Périclès. — Nous dînons en ville. — Dangers nocturnes. — Jour de fête. — Promenade militaire. — L'« *Indus* ». — Départ de Navarin. — Encore un accident. — Phosphorescence de la mer. — Arrivée en Syrie. — Notre entrée dans Beyrouth.

Le débarquement ne s'effectua que le lendemain, 21 août; il commença à six heures du matin. Quand tout le monde fut à terre, le bataillon se forma en colonne sur la place qui fait face à la rade et l'on nous conduisit en dehors de la ville, sur un terrain rocailleux et inculte, non loin de la forteresse et près d'un vieil aqueduc tombant en ruines. C'est là que nous devions bivouaquer, sur ce plateau dominant la ville et qui se trouve lui-même au pied d'une haute montagne de forme conique. Cette montagne est la plus élevée de toutes celles de la contrée.

Le camp fut installé promptement, grâce à nos petites tentes, puisque nous étions pourvus de tout le matériel nécessaire en campagne; quelques heures après notre arrivée on eût pu croire que nous étions là depuis quinze jours. Il y avait jusqu'à des marchands grecs qui s'étaient placés à l'entrée du camp, sous des baraques en bois construites à la hâte. Notre temps se passa très agréablement dans ce pays doué d'un charmant climat, surtout à cette époque de l'année. Bien què la chaleur y soit aussi forte qu'en Afrique, il n'y eut pas une seule indisposition parmi les soldats pendant notre séjour. Tous les matins à cinq heures le réveil se faisait en musique. La troupe était consignée au camp jusqu'à trois heures après midi. Pendant ce temps, on s'appropriait, on nous passait toutes sortes de revues de détail et d'ensemble, ou l'on allait au bain de mer. De trois heures à huit heures du soir on pouvait se promener librement en dehors du camp.

Presque toutes les maisons de Navarin étaient de construction moderne. Cette ville, ayant été à peu près anéantie par le bombardement qu'elle eut à supporter en 1827, a été en partie reconstruite par les Français. Il n'y avait pas de restaurants, peu de cafés; encore étaient-ils loin d'avoir le confortable de ceux de nos plus petites villes. Celui que mes camarades et moi, nous avions adopté, se trouvait sur la place principale de la ville, au coin de la route conduisant au fort, ainsi qu'à notre camp. Son propriétaire, du nom mémorable de Périclès, était très affable. Un jour, s'apercevant que je lisais le grec, il me fit présent d'un journal d'Athènes, où il était question des affaires de Syrie et que j'ai toujours précieusement conservé.

Chez Périclès les consommations étaient peu variées : du café servi à la mode turque, de la limonade fraîche et du rhum anglais que l'on nous présentait toujours accompagné d'un grand verre d'eau. Bonne précaution, car après avoir dégusté quelques gouttes de ce rhum, il fallait bien vite avaler une bonne gorgée d'eau, si l'on ne voulait pas se sentir le feu dans le corps. On y trouvait aussi une liqueur très forte et très répandue en Orient, du nom de mastic. Cette liqueur mélangée avec de l'eau, ressemble beaucoup par le goût et la couleur à l'absinthe ; mais elle est, dit-on, encore plus pernicieuse.

Bien que nous n'ayons pas découvert de restaurant à Navarin, cependant un jour, deux sous-officiers de mes amis et moi, nous avons voulu aller dîner en ville. Nous avions remarqué certaine boutique où l'on vendait des comestibles, poissons légumes, fruits, le tout assez mal disposé et d'un aspect peu engageant, il est vrai ; néanmoins ce fut le local choisi. Dans l'intérieur se tenait une vieille femme, maigre, échevelée, rappelant la figure des sorcières de Macbeth. L'un de nous, l'organisateur du repas prémédité, entra près d'elle pour négocier l'affaire. Il parlait italien, elle le comprenait un peu, ils s'entendirent promptement. La vieille flairant sans doute une bonne recette, avait écouté très favorablement la proposition de notre ami et, quelques minutes après, nous étions assis dans son antre, sur des escabeaux démanchés, autour d'une table boiteuse, l'un des plus beaux ornements du mobilier.

Nous aurions pu certainement trouver mieux ; mais, somme toute, l'idée nous avait paru originale, et de fait nous y avons bien ri. Tout nous amusa dans cet intérieur, depuis la vieille qui n'était pas de trop mauvaise composition et qui gagnait à être connue, jusqu'à son détestable dîner composé de pain noir aux anis, d'œufs en omelette, façon du pays bien entendu, de poissons frits je ne sais trop comment, de melons, de figues et de raisins. A part les fruits délicieux, le reste ne valait pas cher. Le vin qui nous fut servi, était simplement de l'ordinaire du crû, fort bon, mais trop capiteux. Il avait la couleur et la force du madère.

Les jours suivants il ne nous prit pas fantaisie de recommencer ; nous avons préféré nous contenter de la nourriture beaucoup plus confortable qui nous était préparée par les soins de l'équipage du « *Gange* », dont les cuisines avaient été transportées au camp, le long des ruines du vieil aqueduc. Et puis, généralement, le troupier en campagne n'est pas trop embarrassé pour augmenter son menu : ce qui nous arrivait quelquefois quand nous prenions la peine de donner la chasse aux lièvres et aux tortues qui pullulaient dans la montagne. Quand nous trouvions de ces dernières suffisamment grosses, nous en faisions des ragoûts qui avaient assez d'analogie avec la gibelotte de lapin.

Il y avait encore dans ce pays, un petit animal domestique, très fin, qui nous fournissait d'excellents rôtis. C'était un petit porcelet noir que l'on voyait courir par bandes dans la ville. Toutes les maisons en possédaient des quantités ; ils y étaient aussi nombreux que les poules et les poulets dans les cours de nos fermes. Cette race particulière ne grossit pas.

Depuis que nous étions à Navarin, nous n'avions encore vu que des hommes circuler dans les rues ; C'était à croire que les femmes ne sortaient jamais dans ce pays. On nous expliqua pourquoi : elles se préparaient par un jeûne de quinze jours, pendant lequel elles ne doivent pas se montrer, à la fête de l'Assomption qui devait avoir lieu le 27, ou 15 août du calendrier grec. En attendant ce jour qui devait être pour nous aussi un jour de fête, nous passions le temps en promenades dans les environs. Nous allions admirer la belle végétation des jardins, où les figuiers atteignent la grosseur de nos plus beaux arbres de France, où les lauriers-roses sont presque toujours en fleurs, où les aloès et les cactus prennent des proportions énormes.

Mais à côté de toutes ces beautés de la nature il y avait aussi le côté dangereux dans notre vie en plein air. Nous étions obligés de prendre beaucoup de précautions, surtout la nuit, pour éviter les morsures de petits reptiles venimeux vivant dans cette contrée. Pour les maraudeurs, il y avait un autre danger sérieux : le tromblon des Grecs qui gardaient leurs propriétés durant la nuit et qui ne faisaient pas de quartier aux intrus se hasardant sur leur terrain.

Une nuit, nous avons cru à l'exécution sommaire de l'un d'eux. Tout le camp avait été réveillé par une détonation d'arme à feu, que les échos de la montagne répétèrent longtemps. Pas du tout, c'était un forçat qui s'évadait du fort. La balle du factionnaire grec l'avait tué, il roula dans les fossés des remparts d'où son cadavre fut retiré le lendemain.

Le 27 — 15 août des Grecs — était arrivé. L'ouverture de la fête fut saluée à coups de canon tirés de la forteresse pendant toute la matinée. Dès huit heures du matin notre musique alla jouer sur la place de la ville à la grande joie des habitants. Et, dans la journée, toute la population revêtue de ses plus riches costumes, vint se promener à notre camp. Quelques hommes étaient habillés à la française ; mais le plus grand nombre portait le costume national : jupe blanche aux mille petits plis serrés, descendant jusqu'aux genoux, ceinture enrichie d'or et de pierreries, bourrée de pistolets et de poignards, veste soutachée de broderies, ouverte sur le devant et aux manches, laissant voir un gilet blanc fermé par une foule de boutons pressés les uns contre les autres, enfin, comme coiffure, le tarbouch turc à gland bleu.

Les femmes, la plupart fort jolies, portaient avec élégance leurs riches toilettes ; elles avaient même dans la démarche et le maintien une certaine fierté qui leur allait à ravir. Leur belle tête, où l'on pouvait admirer toute la grâce de ce profil grec tant vanté, était ornée d'une épaisse chevelure noire artistement nattée. Une calotte rouge avec gland de soie bleue et or, négligemment rejetée en arrière, sur la nuque, leur donnait un air martial qui plaisait à tous. Leur corsage était du genre de la veste des hommes, avec une forme plus gracieuse ; pour les plus opulentes, il était en velours brodé d'or. La jupe de leur robe, en soie, était longue et traînante. Comme complément à ce costume, beaucoup de bijoux sur elles, colliers et bracelets d'or ou d'argent.

La garnison du fort, composée de deux compagnies de carabiniers à pied, vint aussi visiter notre campement. Ces militaires de tous grades avaient une tenue simple, mais d'une correction parfaite : large pantalon blanc tombant sur le pied, tunique bleu de ciel fermée et casquette droite avec une petite jugulaire glissant sur la visière.

Depuis notre arrivée à Navarin, nous avions fait la connaissance de plusieurs de leurs sous-officiers. Ils vinrent partager notre dîner et nous emmenèrent après prendre le café avec eux. Notre soirée fut très agréablement employée en leur compagnie, mais aussi fort drôle. Nous ne pouvions réciproquement nous faire comprendre que par signes, ou par monosyllabes à peu près inintelligibles à chacun d'entre nous, ce qui amenait quelquefois les quiproquos les plus extraordinaires qui se terminaient par les rires fous de toute l'assemblée.

Le lendemain matin, dès la première heure, le bataillon tout entier partit en promenade militaire dans l'intérieur du pays, à travers les montagnes et les vallées, en suivant une route qui est encore à faire, à moins qu'elle n'ait été faite depuis.

Ce que nous rencontrions sur notre chemin n'était pas seulement des pierres ou des rocailles, mais bien d'énormes roches qu'il fallait gravir en s'aidant des pieds et des mains. Après avoir franchi la première partie du trajet, la plus difficile, et lorsqu'on fut arrivé sur le versant de la montagne opposé à la mer, la vue put s'étendre au loin dans la contrée, à travers des vallées extrêmement arides où l'œil cherchait en vain des terrains cultivés. Aussi loin que nos regards pouvaient se porter, ils ne rencontraient que quelques arbres rabougris, sortis çà et là de ce sol pierreux. Néanmoins cette vue ne manquait pas d'un certain charme, et l'aspect général de cette contrée ne laissait pas que d'être très pittoresque. Vers midi nous rentrions au camp satisfaits de notre excursion, plus heureux encore de nous reposer des fatigues de cette longue matinée.

Quoique notre séjour à Navarin ne fût pas dépourvu d'agrément, le temps commençait cependant à nous paraître bien long. Nous étions absolument sans nouvelles des événements qui nous intéressaient. Toutes les troupes de l'expédition devaient être débarquées en Syrie ; tandis que nous, partis des premiers, nous en étions encore bien loin. Que faisait-on là-bas ? Se battait-on ? — Nous en étions réduits à nos conjectures, quand le 29, à six heures du matin, pendant que nous étions au bain de mer, un paquebot battant pavillon français vint à passer devant nous, filant droit au « *Gange* », dans la rade de Navarin. C'était l'« *Indus* », ce même paquebot que nous avions rencontré entre la Sardaigne et la Sicile, pendant la matinée du 12 et qui venait nous remorquer pour nous conduire enfin à Beyrouth. L'embarquement fut fixé pour le jour même à onze heures.

Aussitôt que notre prochain départ fut connu dans la ville, les Grecs se portèrent en foule à notre camp qu'ils ne quittèrent qu'avec nous, après nous avoir regardés pleins d'étonnement abattre nos tentes et faire nos sacs. Le bataillon se rendit, escorté de tout ce monde, sur la place de la ville où l'on stationna. Tandis que l'on commençait l'embarquement du matériel il se fit une grande opération de change de monnaie. Les indigènes craignant de ne plus pouvoir se débarrasser de la monnaie française qu'ils avaient reçue pendant notre séjour, vinrent en grand nombre nous la rendre contre la monnaie grecque ou turque que nous avions entre les mains ; mais nous en possédions beaucoup moins qu'eux, de sorte qu'ils paraissaient fort contrariés à l'idée de perdre tant d'argent et que beaucoup d'entre eux cédèrent pour de faibles sommes en monnaie de leur pays, des sommes bien supérieures en monnaie française. Ce fut une véritable vente au plus offrant dont malheureusement quelques soldats peu scrupuleux ne craignirent pas de profiter outre mesure.

L'embarquement de la troupe fut long. Les bâtiments ne pouvant pas s'approcher du rivage, on était obligé, pour arriver à bord, de se servir de chaloupes transportant peu de monde chaque fois. Néanmoins vers quatre heures tout le bataillon était embarqué, une moitié sur l'« *Indus* », l'autre moitié sur le « *Gange* », où je me trouvais encore avec l'état-major.

Un double câble avait été passé de l'arrière de l'« *Indus* » à l'avant du « *Gange* », de sorte que, tout étant prêt pour le départ, on leva l'ancre à cinq heures et les deux bâtiments, l'un traînant l'autre, se mirent en route à notre grande satisfaction, pendant que la musique jouait. Tous les habitants de Navarin s'étaient rassemblés sur les rochers bordant la rade, ils nous témoignèrent par leurs cris enthousiastes la sympathie que nous avions su leur inspirer pendant notre séjour qu'aucun incident fâcheux n'était venu troubler et, non contents de nous saluer avec tant de cordialité, beaucoup d'entre eux voulurent nous suivre en longeant la côte, ce qu'ils firent jusqu'au delà de l'entrée du golfe ; ils ne s'arrêtèrent que quand les deux paquebots s'éloignant de terre prirent le large. Alors ils poussèrent tous ensemble un dernier hourrah d'adieu auquel nous répondîmes plusieurs fois, et bientôt après ce groupe d'amis de quelques jours disparaissait à nos yeux.

On salua encore le continent grec en passant une nouvelle fois devant Modon, puis les deux navires nous entraînèrent tout à fait en pleine mer avant la nuit. A la pointe du jour, le 30, nous étions en vue de Cérigo (l'ancienne Cythère) dont les maisons nous apparaissaient éclatantes de blancheur sur un fond de hautes montagnes encore enveloppées dans l'obscurité de la nuit. Laissant Cérigo à notre gauche, nous arrivions peu de temps après dans les eaux de l'île de Candie que nous avons longée au nord pendant une grande partie du jour.

Le 31, dans la matinée, la mer devint houleuse ; on était alors sous l'influence des vents qui soufflent presque sans interruption dans l'archipel. Cette partie de la Méditerranée est peuplée d'une quantité considérable d'îlots éparpillés de tous côtés ; ce qui ne contribue pas peu à rendre la mer moins mauvaise dans ces parages.

Après avoir cotoyé de très près l'île Scarpento, l'« *Indus* » nous ramena de nouveau vers le large. Dans la soirée, le vent tomba, la mer redevint calme. De temps à autre quelque hardi goëland aux grandes ailes blanches venait voltiger autour des mâts et des cordages du bâtiment ; c'était tout ce qui nous rappelait qu'il existait encore des terres à peu de distance de nous.

Le 1er septembre, la mer avait repris son calme plat, la vitesse des paquebots que rien ne gênait, était aussi rapide que possible. Cependant, vers deux heures de l'après-midi, tandis que nous étions loin des côtes, il nous arriva encore une émotion qui nous fit croire, un moment, à un accident survenu à l'« *Indus* ». Notre remorqueur s'était dirigé subitement sur notre droite et s'était arrêté, évitant ainsi le choc qui se serait infailliblement produit sans cette manœuvre, car le « *Gange* » sous l'impulsion de la vitesse acquise avança encore assez rapidement pendant quelque temps. Ce n'était heureusement qu'une simple réparation à la machine. Les deux bâtiments stoppèrent à peu de distance l'un de l'autre et une heure après on se remit en marche.

Au début de la nuit, je fus témoin d'un phénomène assez commun dans la Méditerranée, mais que je n'avais jamais remarqué brillant avec autant d'éclat qu'en cette soirée. Je veux parler de la phosphorescence de la mer. Ce phénomène se produit à certaines époques de l'année, pendant l'été surtout et par ces belles nuits claires qui succèdent à de chaudes journées.

Entraîné par l'« *Indus* », le « *Gange* » voguait dans son sillage. Cette trace des eaux agitées par les mouvements de l'hélice, laissant dans le jour une longue traînée blanchâtre qui subsistait encore longtemps après le passage et que l'œil pouvait suivre presque jusqu'à l'horizon, paraissait ce soir là comme une route de feu. On eût dit que des milliers d'étincelles enflammées s'étaient échappées des flancs du vaisseau qui nous précédait et qu'elles dansaient, toujours vivaces, à la surface des eaux. A l'avant du « *Gange* »,cette traînée lumineuse se séparait en deux, l'enveloppait de part et d'autre, puis se rejoignait à l'arrière et se continuait à perte de vue. Ce curieux phénomène dura une bonne partie de la soirée et disparut ensuite insensiblement. Les étincelles de feu, brillant comme autant de diamants innombrables, pressés, agités dans tous les sens, semblèrent s'éteindre petit à petit et se perdirent enfin complètement dans l'obscurité. La mer ayant repris son aspect habituel, tous ceux qui, comme moi, avaient voulu être témoins de ce fait, s'empressèrent de suivre l'exemple de leurs camarades moins curieux et s'endormirent bientôt profondément.

Le 2 septembre, dès cinq heures du matin, nous apercevions dans le lointain les montagnes de l'île de Chypre ; un magnifique trois-mâts à voiles croisait dans ses eaux. Puis encore une fois nous perdions de vue la terre.

Pendant l'après-midi un oiseau, la huppe vulgaire, vint s'abattre sur le pont du «*Gange*».Ce pauvre petit oiseau s'était trop éloigné de la côte et avait dû voltiger pendant longtemps sans doute, cherchant où se reposer, car, exténué de fatigue, il se laissa prendre sans difficulté. Son arrivée à notre bord fut pour nous celle d'un messager de bon augure ; en effet, vers cinq heures du soir, les côtes de Syrie s'élevaient au loin devant nous.

A partir de ce moment, on ne cessa plus de contempler cette terre après laquelle nous aspirions depuis vingt-trois jours et qui était bien devenue pour nous la véritable Terre promise. Malheureusement la nuit vint avant que nous fussions dans la rade, où nous n'arrivions qu'à dix heures du soir.

On jeta l'ancre à un kilomètre environ de Beyrouth, au milieu de l'escadre française, commandée par le contre-amiral Jehenne et des bâtiments de guerre des puissances étrangères. Les amiraux français, anglais et turc envoyèrent immédiatement reconnaître le navire par des officiers de Marine. Ils montaient des chaloupes conduites par une dizaine de matelots ramant avec un ensemble admirable, ce qui produisait un effet merveilleux à la clarté de la lune. Aussitôt après ces visites qui ne durèrent que peu d'instants, tout le monde reposait sur le « *Gange* ».

Le lendemain, 3 septembre, à quatre heures du matin, un coup de canon formidable nous réveilla en sursaut. Cette détonation inattendue, nous surprenant dans un profond sommeil, fit naître en notre esprit une foule de conjectures. Etait-ce le canon de la bataille ? — L'insurrection Druse avait-elle donc gagné le littoral ? — Etait-ce un bombardement qui commençait ? — Nous ne savions absolument rien des affaires de Syrie depuis le 10 août, jour de notre départ de Marseille. Nous ignorions complètement quelle était la tournure qu'avaient prise les événements après le débarquement des premiers soldats français, remontant à quinze jours déjà.

Après le premier mouvement d'émoi, on se rendit bien vite compte de la situation. Ce fameux coup de canon n'était autre chose que le signal du réveil donné par une frégate de l'escadre française. Abandonnant aussitôt toute préoccupation de la situation des affaires politiques, chacun de nous ne s'occupa plus que d'admirer le splendide panorama qui s'étalait à nos yeux.

Autour de nous, la rade était garnie de vaisseaux de guerre ou de commerce de toutes les puissances navales de l'Europe. La France y était représentée par deux vaisseaux de ligne de 90 canons chacun, le vaisseau-amiral le « *Donawerth* » et le « *Redoutable*», et par trois frégates ou corvettes. L'Angleterre y comptait trois vaisseaux, dont un de 130 canons, le vaisseau-amiral le « *Malborough* » et deux frégates. Puis venaient des vaisseaux turcs, des frégates russes, des bâtiments hollandais, espagnols, autrichiens et grecs de toutes grandeurs.

Tous ces navires à l'aspect majestueux, reposaient tranquillement, espacés les uns des autres, tandis que l'on voyait leurs équipages se remuant sur le pont, travaillant, nettoyant ou suspendant aux cordages leur linge qu'ils venaient de laver.

Un peu plus loin et tout autour du fond de la rade, en demi-cercle, la ville de Beyrouth ; plus loin encore et comme encadrement à ce tableau merveilleux, les sommets altiers du Liban dont les arêtes se découpent nettement au milieu de l'air limpide de ces contrées ; enfin, à notre gauche, au nord de Beyrouth, les hautes sommités du Sannin, couvertes de neige une grande partie de l'année.

Je demeurai longtemps à contempler ce spectacle grandiose que je ne pouvais me lasser d'admirer. C'était bien là cette terre d'Orient telle que je l'avais rêvée. Beyrouth, la tête appuyée sur la montagne, semble couchée sur le rivage, comme une sultane, baignant éternellement ses pieds dans la mer. A droite et à gauche on aperçoit les divers pavillons des consulats d'Europe, des dômes, des minarets ; plus haut, un peu sur la droite et dominant la ville, une grande et belle construction de forme rectangulaire qu'on prendrait pour le sérail et qui n'est autre qu'une caserne turque. Autour de la ville, des arceaux à ogives, des maisons arabes se dressent au milieu de buissons de verdure, entre des palmiers, des mûriers, des orangers et des cactus aux proportions gigantesques. Au-dessus de tout cela, la chaîne du Liban qui, selon l'expression orientale, porte l'hiver sur sa tête, le printemps sur ses épaules, l'automne dans son sein, tandis que l'été dort nonchalamment à ses pieds : image exacte de la fertilité décroissante des terres, à mesure que l'on s'avance davantage dans la montagne.

Le débarquement commença à six heures du matin ; des canots nombreux et les chalands en fer du port nous transportèrent sur la pointe de terre appelée Ras-Beyrouth, où ils nous déposèrent successivement non loin de la demeure du consul de Hollande. Le bataillon resta sur le rivage jusqu'à midi, exposé aux rayons d'un soleil brûlant, pendant que s'opérait le débarquement des armes et des bagages.

Nos camarades du 1er bataillon, arrivés depuis une douzaine de jours, vinrent nous voir aussitôt qu'ils eurent appris que nous étions là. Ils nous dirent quelle avait été leur inquiétude à notre sujet quand ils ne nous trouvèrent pas en débarquant et quand ils virent que les jours se succédaient sans que l'on pût savoir ce que nous étions devenus. Ils nous apprirent qu'à différentes reprises des bâtiments étaient partis de Beyrouth allant à notre recherche dans toutes les directions, mais que toujours ils étaient revenus sans nouvelles. Ils savaient que notre passage à Malte avait été signalé le 13 août ; depuis cette époque on n'avait plus entendu parler du « *Gange* »,ni de ses passagers. Ils nous croyaient tous perdus.

Tout en causant de nos émotions passées, nous étions arrivés près d'une maison arabe où déjà nombre de militaires de tous grades étaient en train de se rafraîchir. L'idée nous vint d'en faire autant et de donner à nos estomacs ce qu'ils commençaient à réclamer.

L'intérieur de cette maison, ou plutôt de la pièce dans laquelle nous sommes entrés était des plus simples : quelques escabeaux çà et là, absence complète de tables. Derrière une espèce de comptoir se tenait un vieux Grec à l'air peu engageant. Il était debout et semblait surveiller ses nouveaux clients d'un œil inquiet, comme s'il eût craint de ne pas être payé de sa marchandise. Il faut dire d'ailleurs que tous ces turbulents soldats la faisaient défiler on ne peut mieux. Il ne perdait pas de vue, non plus, ses trois ou quatre petits acolytes indigènes, auxquels il lançait de temps en temps quelques paroles sévères et qui, se démenant comme des diables, couraient à tous les groupes. A l'encontre de leur maître, ils semblaient tout heureux de se trouver à pareille fête.

Dans l'espoir de nous réconforter, un sergent de nos amis, vieil africain, sachant à propos se servir de quelques mots arabes, demanda du vin pour nous tous. On nous servit du vin du pays, bien entendu, qui aurait été excellent s'il n'avait pas été conservé dans des peaux de bouc, ce qui lui avait donné un goût détestable. A la première gorgée, notre interprète le sergent se crut empoisonné. Il entra en fureur contre le malheureux Grec qui n'y comprenait rien, et voulut l'obliger à boire aussi, devant nous, de ce même vin qu'il nous avait versé. A force de paroles et de gestes plus excentriques les uns que les autres, le pauvre débitant finit par comprendre sans doute, car il se mit à rire et avala d'un trait le contenu du verre que le sergent lui tendait. Complètement rassuré sur notre sort, notre ami calma sa colère, mais ne fit pas du tout compliment de la marchandise. On acheva de boire quand même ce vin peu agréable, on paya et l'on sortit laissant le Grec encore tout stupéfait de l'aventure.

Cependant le débarquement du matériel s'était achevé et déjà le bataillon commençait à se rassembler en vue du départ. Au commandement du colonel il se mit en marche pour se rendre, en contournant la ville, à la forêt des Pins, choisie pour le camp français, où nous ne devions arriver qu'environ deux heures après.

A mesure que l'on avançait vers les endroits habités, des groupes de Maronites venaient se joindre à nous et nous témoignaient à leur façon la joie qu'ils éprouvaient de nous voir arriver chez eux. Ils s'empressaient autour de nous, se disputant à qui porterait nos sacs et nos fusils.

— *Bono Français* ! — disaient-ils sans cesse. Et nous de répéter — *Bono* ! *Bono* ! — en nous débarrassant volontiers de notre charge. La chaleur devenait en effet de plus en plus accablante. Je me souviens encore d'un certain endroit de la ville où il nous fallut passer. C'était le long d'un grand mur en pierres blanches, très élevé. Il projetait sur le chemin montant et rocailleux que nous suivions, une chaleur qui doublait encore celle directe du soleil dont les rayons brûlants nous dardaient en plein sur la tête.

A droite de cette fournaise, se trouvait un espace plus bas que le chemin, où étaient campés quelques pelotons de cavalerie, des lanciers de la Garde impériale turque. Leurs grandes tentes en toile verte étaient dressées sans ordre régulier et les chevaux au piquet, isolés les uns des autres ne semblaient nullement gênés par cette chaude exposition.

De l'autre côté du ravin, faisant suite à ce campement, toujours à notre droite, se trouvait, sur la hauteur, la grande caserne dont j'ai parlé. Il y avait encore tout autour du bâtiment, comme sur un plateau, un grand nombre de ces mêmes tentes vertes servant de campement à l'armée turque, puis sur la limite de ce plateau, plusieurs batteries de canons braqués sur la ville.

Sortant de là, on passa dans une rue étroite, poudreuse, sorte de couloir resserré entre deux énormes constructions présentant l'aspect des anciennes forteresses du moyen âge. Puis on arriva dans une des belles rues de Beyrouth, devant l'hôpital français où les Sœurs de Saint-Vincent de Paul, attachées à la maison, nous attendaient avec des rafraîchissements composés d'eau fraîche additionnée de vinaigre, ou de vin de France.

De l'autre côté de la rue se trouvait le sérail qui était habité à cette époque par le gouverneur civil Achmet-Pacha-Kaïsarli. Après le sérail, la rue débouchait à l'une des extrémités de la grande place du Canon ; là encore une foule de Maronites étaient assemblés. Ils accoururent sur notre passage, nous témoignant leurs sympathies par l'expression vive et joyeuse de leur physionomie et nous saluant suivant la mode orientale en portant successivement la main sur le cœur, sur la bouche et sur le front. Ce salut ne semble-t-il pas dire à celui qui le reçoit : j'ai mon cœur pour vous aimer, ma bouche pour vous le dire et ma mémoire pour m'en souvenir.

On quitta la place presque aussitôt pour tourner à droite et suivre une grande et large rue par laquelle on sort de la ville pour gagner la route de Damas. C'est dans cette rue que se trouvait le quartier-général du général de Beaufort d'Hautpoul, commandant en chef le corps expéditionnaire français.

Le camp des Pins où nous allions rejoindre les autres troupes était encore à deux kilomètres plus loin. On y arriva enfin, tout le monde exténué, rompu, les figures et les vêtements ruisselants de sueur, couverts de poussière ; nous étions horribles à voir.

CHAPITRE IV

Le camp des Pins. — Commencement d'épidémies. — Grandes chaleurs. — Les cigales. — Visites nocturnes. — Les victimes de l'insurrection. — Prisonniers Druses. — Réfugiés chrétiens. — Fuad-pacha revient de Damas. — Une église maronite. — La grande mosquée. — Intérieur maronite. — Un caravansérail. — Revue de Fuad-pacha.

Malgré l'extrême fatigue que nous avions éprouvée par cette marche pénible succédant, sous un ciel de feu, à une longue traversée, tout le monde s'occupa immédiatement de l'installation du camp ; aussitôt que notre emplacement nous fut indiqué, chacun se mit à l'œuvre pour dresser les tentes. Il est vrai que cette besogne n'était pas des plus commodes à cause de la nature du sol, où l'on ne rencontre que du sable sur une étendue de plusieurs kilomètres et à une grande profondeur. Sous les arbres, cependant, le terrain avait encore un peu de consistance ; mais en dehors des parties boisées, on ne pouvait marcher sans enfoncer jusqu'à la cheville.

Dans l'espace que nous occupions, les arbres étaient clairsemés. Tous ces pins, de l'espèce du *Pin maritime* comme dans le midi de la France, étaient très élevés, et la plus grande partie de leur tige était complètement dépourvue de branches. A l'extrémité seulement leurs rameaux s'étendaient en parasol et ils auraient pu nous fournir un abri très salutaire s'ils avaient été plus rapprochés ; tandis qu'au contraire ils laissaient pénétrer entre eux et plonger sur nous, avec toute leur ardeur, les rayons du soleil.

Ce bois de Pins a été, dit Volney, planté par l'émir Fakhr-ed-din, au XVIIe siècle, dans le but de préserver la ville de l'invasion des sables sans cesse croissante. En effet, ces sables soulevés en grandes masses par les vents violents venus du désert, pouvaient à un moment donné engloutir une grande partie des faubourgs. Ce bois magnifique occupe une vaste superficie à l'est et au sud de Beyrouth.

Toutefois l'idée de cette plantation de pins ne doit pas revenir tout entière à l'émir Fakhr-ed-din, car il s'en trouve de plus anciens que les autres. La tradition veut qu'ils aient fait partie de la première forêt qui fut détruite par un incendie et sous laquelle Baudouin 1er et ses compagnons d'armes s'étaient abrités des ardeurs du soleil lorsqu'ils firent le siège de Beyrouth en l'an 1111.

L'émir Fakhr-ed-din était de la famille druse des Maan. Ce fut sous son gouvernement que la puissance des Druses acquit son plus grand développement. La ville de Beyrouth était à sa bienséance, il y habitait souvent et travaillait sans cesse à l'embellir. Outre la forêt des Pins, la tour carrée qui porte son nom et qui se trouve à l'une des extrémités de la place du Canon, ainsi que plusieurs autres monuments sont dus à l'émir Fakhr-ed-din ; l'hôtel du gouverneur, le sérail, était un de ses palais.

Dès que le camp avait été organisé, des avant-postes avaient été placés de chaque côté de la route de Damas, aux pieds de la montagne. Il était interdit de les dépasser, et cependant les Druses se tenaient à distance depuis l'arrivée des premières troupes françaises ; mais, peu de jours avant, ils faisaient encore des incursions jusqu'aux portes de Beyrouth. A cinq cents mètres du camp, on voyait une petite église, d'abord saccagée par eux, puis remplie des cadavres des malheureux qu'ils avaient massacrés et que nos soldats enterrèrent au nombre d'environ trois cents ; et, de certains endroits de la plaine, nous pouvions parfaitement distinguer, espacés aux pieds du Liban, les villages qu'ils avaient brûlés.

Il n'avait été fait cependant, de notre côté, encore aucune répression par la force des armes. D'ailleurs le corps expéditionnaire n'était toujours pas complètement réuni. On attendait encore deux escadrons de chasseurs d'Afrique qui devaient se joindre aux deux autres escadrons composés de hussards et de spahis. L'infanterie, au complet, comprenait deux régiments de ligne, un bataillon de chasseurs à pied et un bataillon de zouaves ; enfin l'artillerie, le génie, le train des équipages, la gendarmerie et l'administration militaire étaient représentés dans notre petite armée, dont le commandement en second était exercé par mon colonel, remplissant les fonctions de général de brigade en attendant l'arrivée du général Ducrot.

Le commencement des opérations militaires se faisant désirer, on songea donc à s'installer au camp des Pins le mieux possible. D'autant plus que déjà l'on prévoyait que notre intervention en Syrie se résumerait en conférences diplomatiques et que la part d'activité qui nous serait accordée, se bornerait à une simple occupation du pays.

Cette inactivité forcée, qui dura jusqu'au 25 septembre, engendra de nombreuses maladies parmi nous. Les chaleurs étaient devenues suffocantes ; dans le jour nous avions à supporter une température de 50 à 60 degrés ; les nuits au contraire étaient souvent fraîches, presque froides. Une rosée abondante tombait sur la terre, à tel point que le sable en était imprégné à un pied de profondeur. Avec cela, les miasmes fétides qui s'exhalaient des charniers humains répandus autour de nous, puisque, comme je l'ai dit, les massacres des Druses s'étaient étendus jusqu'à quelques cents mètres de Beyrouth ; toutes ces causes, jointes encore à un besoin incessant de se désaltérer, jetèrent promptement dans nos rangs l'épidémie dont les ravages s'accrurent avec une effrayante rapidité.

L'hôpital de Beyrouth ne fut bientôt plus assez vaste ; on fut obligé de créer des succursales dans de grandes maisons de la ville et d'établir au camp une ambulance pour les moins éprouvés.

A tous ces maux, il n'y aurait eu qu'un remède : l'activité, le séjour dans la montagne dont l'air était beaucoup plus sain que celui de la plaine. Tout le monde le savait et désirait partir ; mais nous étions condamnés à rester là, cloués aux portes de Beyrouth par les lenteurs de la diplomatie, puisque les représentants des grandes puissances européennes, dont quelques-uns étaient peu satisfaits de nous voir en Syrie, ne parvenaient pas à s'entendre sur la façon dont nous devions agir.

Néanmoins les rigueurs du climat n'enlevèrent pas aux soldats leur entrain habituel. Ils travaillaient sans cesse à améliorer leur installation, à se créer un confortable relatif. Et puis, non contents de recevoir au camp les visites continuelles des Maronites venant implorer notre charité, nous allions souvent les voir chez eux. Tous les jours, mon temps était employé aux écritures du colonel depuis le réveil, qui se faisait à cinq heures, jusqu'à dix heures du matin. A ce moment commençait la sieste pendant la durée de laquelle nul ne pouvait sortir du camp. A partir de deux heures après midi jusqu'à sept heures du soir, tous ceux qu'un service quelconque ne retenait pas, étaient libres.

Le temps du repos ne nous manquait donc pas ; mais, dans les premiers temps surtout, il ne nous était guère possible d'en profiter pour dormir, pas plus pendant la sieste que pendant la nuit. Dans la journée, outre la chaleur excessive qui transformait nos tentes en véritables étuves, on entendait dans tout le bois un bruit assourdissant et continuel. Chaque arbre était garni de quantités de cigales qui durant tout le jour faisaient un ramage insupportable. Leur caquetage commençait après le lever du soleil pour ne s'arrêter qu'au moment de son coucher. La nuit, c'était autre chose : les cris rauques et plaintifs des hyènes et des chacals descendus dans la plaine, mêlés aux aboiements des chiens errants qui, dans ce pays comme à Constantinople et dans tout l'Orient, sont excessivement nombreux. Tous ces animaux réunis par centaines à peu de distance de nous, faisant chorus, nous donnaient chaque nuit et pendant de longues heures le même concert sauvage, que de temps en temps des coups de fusil, tirés sans doute par quelque chasseur à l'affût, venaient encore exciter davantage.

Ces animaux pénétraient même parfois jusque dans l'intérieur de nos campements, attirés par les débris des bêtes abattues pour la nourriture des troupes. Un matin, un chacal qui s'était trop attardé et perdu au milieu du camp, fut pourchassé et cerné par les soldats. La pauvre bête ahurie, courant en tous sens, finit par se laisser prendre et attacher par le cou, au pied d'un arbre, avec une entrave dont on se servait habituellement pour retenir les chevaux au piquet.

Une autre fois c'était une hyène, que je vis subitement à deux pas de moi, au milieu de la nuit. Nous laissions ordinairement ouvert un côté de la tente que nous occupions à quatre. Cette nuit-là, il faisait un clair de lune splendide, permettant de distinguer nettement les objets d'alentour. J'avais dormi malgré le vacarme habituel et je venais de me réveiller, quand soudain j'aperçus, à l'ouverture de la tente, deux yeux brillant comme deux boules de feu. La tête monstrueuse qui les portait, était baissée et se disposait à flairer le sergent qui ronflait à côté de moi. A la vue de cette bête importune que je reconnus de suite pour une hyène, je fus d'abord glacé d'épouvante; mais rassemblant promptement mon courage, je me levai d'un bond et l'animal s'enfuit. A quelque distance de là il s'arrêta et regarda s'il était poursuivi. Je m'étais bien gardé de lui faire la chasse; cependant j'étais sorti de la tente et, le factionnaire du colonel s'étant joint à moi, nous avons fini par éloigner tout à fait ce visiteur nocturne, en lui lançant tout ce qui nous tombait sous la main.

Pendant que j'en suis à parler des bêtes sauvages qui vinrent se fourvoyer dans notre intérieur, je dois encore dire la surprise qui nous arriva certain jour. Le réveil était sonné depuis quelque temps déjà et j'étais tranquillement en train d'écrire sur mes genoux, quand mon voisin de droite, qui n'avait pas encore donné signe de vie, se mit à gronder : « Ne me remuez donc pas comme cela, laissez-moi dormir. » — « Mais, je ne vous touche pas, lui dis-je, vous voyez bien que j'écris. » — « Je ne sais ce que vous faites, reprit-il, mais vous me bousculez la tête depuis un quart d'heure et cela m'ennuie. Encore une fois laissez-moi. » Voyant qu'il était convaincu que je lui jouais un mauvais tour, je pris le parti de sortir de la tente, et, tandis que je riais de sa mauvaise humeur matinale, le hâvre-sac sur lequel il appuyait sa tête, remuait toujours. Alors il crut que ces mouvements étaient produits par quelque farceur du dehors, tandis qu'il n'y avait personne à proximité. Ne comprenant rien à cela, il se leva furieux et souleva violemment son sac. Horreur! c'était un grand serpent qui, recherchant un peu de chaleur, s'était tranquillement enroulé sous sa tête, dans le sable échauffé pendant la nuit.

« Prenez garde! » s'écria le sergent épouvanté; mais pendant que nous courions à nos fusils, pensant le tuer à coups de baïonnette, le reptile se sauva rapidement et disparut dans le bois. Un quart d'heure après, mon insouciant voisin redormait de plus belle.

J'ai dit que nous avions souvent au camp la visite des Maronites. En effet ces malheureux échappés aux massacres, émigrés des villes et villages du Liban où ils avaient vu égorger leurs proches, piller et brûler leurs biens, étaient réduits à la plus affreuse misère. Réfugiés à Beyrouth au nombre de 12.000 environ, ils y étaient pour ainsi dire sans ressources et sans abri. Le gouvernement turc donnait bien tous les douze jours aux émigrés de Damas vingt piastres par personne et à ceux de Deïr-el-Kamar quinze piastres; mais la piastre valant vingt et un centimes, cela ne faisait qu'un secours de trente-cinq centimes par jour pour les premiers et de vingt-sept centimes pour les autres. Aussi venaient-ils sans cesse nous demander à manger. « Bono Français, manggaria ! » disaient-ils, en nous tendant la main. Nous donnions tous suivant nos ressources, du pain, du biscuit, du café, de la viande, une part enfin de ce que nous avions, et tous ces pauvres malheureux nous remerciaient avec les marques de la plus vive reconnaissance.

On voyait parmi eux peu d'hommes valides, ils s'étaient fait tuer sans doute en voulant se défendre ; rien que des vieillards, des femmes et des enfants. Ces pauvres petits êtres, d'un type admirable, à la physionomie intelligente et ouverte, aimaient à s'approcher de nous ; ils nous prenaient les mains qu'ils embrassaient avec effusion, tandis que leurs mères se tenaient à distance, portant quelquefois sur le dos, à la mode arabe, d'autres enfants plus petits. C'était là l'histoire de tous les jours et de tous les instants.

Le 7 septembre il arriva de Damas un convoi de près de 500 prisonniers druses et musulmans compromis dans les derniers événements. Ils étaient escortés par un bataillon d'infanterie turque. Je me trouvais auprès du poste avancé, sur la route de Damas, quand ils passèrent. Ils marchaient deux à deux, ayant chacun les deux mains prises dans une cangue de bois qui ne leur laissait que le mouvement nécessaire pour chasser les moustiques, en faisant usage des doigts restés libres ; beaucoup de ces prisonniers avaient les poignets ensanglantés. En passant devant nous, ils restaient impassibles et nous regardaient avec fierté, presque avec dédain. Tous ces hommes allaient être embarqués pour Constantinople, pour être ensuite transportés dans des îles, ou incorporés dans l'armée. C'étaient les derniers et les moins coupables que Fuad-pacha avait fait arrêter lorsqu'il entreprit à son arrivée d'épouvanter les fanatiques.

Depuis le 19 juin, jour du massacre à Deïr-el-Kamar, cette ville de plus de 22.000 âmes n'avait plus un être vivant dans ses murs ; toutes ses maisons avaient été incendiées. Quand les soldats français y arrivèrent à la fin de septembre, ils ne trouvèrent que des cadavres en putréfaction presque entièrement dévorés par les chiens et les bêtes féroces. A leur approche une nuée de corbeaux et de vautours s'envolèrent de ce lieu de malédiction. En pénétrant dans la ville, le spectacle le plus navrant s'offrit à leurs yeux : les rues étaient couvertes de débris humains ; des femmes, jetées vivantes dans des fossés, avaient été écrasées par d'énormes pierres roulées sur elles, d'autres avaient été empalées ; des enfants étaient éventrés, ou, suspendus par une jambe, avaient été coupés en deux ; enfin les hommes auxquels on avait d'abord enlevé tout moyen de défense en leur coupant les poignets, étaient là gisants les uns sur les autres, fusillés ou décapités. Des monceaux de cadavres infectaient encore le sérail, la caserne, l'église maronite et l'église grecque. Depuis plus de trois mois toutes ces malheureuses victimes attendaient une sépulture !

La répression aussi s'était fait attendre. Cependant ce fut le 8 septembre que l'on fusilla, à Damas, avec d'autres chefs de l'insurrection, le colonel Abdul-Salam-bey, commandant la garnison de Deïr-el-Kamar, au moment des massacres ; mais il est juste de dire que, si ces exécutions se firent avec une certaine promptitude, ce fut en raison de l'insistance pressante du représentant de l'Angleterre qui voulut empêcher par là l'intervention française d'aller jusqu'à Damas.

Depuis notre arrivée en Syrie, j'étais allé chaque jour à Beyrouth, soit au quartier-général pour le service du colonel, soit chez l'officier comptable du régiment qui habitait une maison turque où l'on avait installé le magasin, non loin du quartier-général ; mais je n'avais pas encore pénétré dans l'intérieur de la ville. Le 9 septembre, je devais dîner avec un sous-officier de mes amis chez un de ses compatriotes, commerçant établi à Beyrouth. Aussitôt après la sieste, nous sommes allés lui faire une première visite ; il nous donna à fumer d'excellents cigares ; puis nous nous sommes dirigés vers la mer, en passant par un quartier de la ville occupé en grande partie par les chrétiens réfugiés. Les cours ou les rues tortueuses que nous étions obligés de traverser, regorgeaient de monde. Tous ces pauvres gens étaient dans un état de misère indescriptible et désolant à voir.

Arrivés dans un étroit passage encore plus rempli que les autres, je crus un moment qu'il nous serait impossible de nous en tirer, tant nous étions assaillis de solliciteurs. Nous n'étions pas assez riches pour faire une grande charité : il nous fallut bien employer un moyen qui, sans nous coûter trop cher, nous permit de sortir de cet embarras. J'avais beaucoup de paras dans ma poche — dix paras valaient cinq centimes. — J'en pris une poignée que je lançai à quelques pas. Immédiatement tous, grands et petits, se précipitèrent pour les ramasser. Mon ami fit comme moi, et, pendant que ces pauvres gens se disputaient à qui recueillerait cette menue monnaie, nous nous échappions au plus vite.

Evitant avec soin le renouvellement de semblable rencontre, nous sortions bientôt de la ville et nous arrivions dans un renfoncement de la rade, aux pieds des ruines d'un ancien château-fort, accusant son origine par les restes de son architecture.

Cet endroit du rivage était hérissé de nombreux rochers culbutés en tous sens, comme s'ils y avaient été roulés par la main des hommes. Dans l'eau, ces rochers étaient en grande partie recouverts de mousses et d'éponges. Ce fut pour nous l'occasion de prendre un bain de mer délicieux, avant de rentrer en ville par un chemin moins encombré que le précédent, pour aller profiter de l'hospitalité qui nous avait été offerte.

Dans la matinée du 10, la rentrée à Beyrouth de

S. E. Fuad-pacha, revenant de Damas, vint nous fournir une distraction nouvelle.

Dès le matin, le gouverneur de la ville Achmed-pacha et Ismaïl-pacha, général de division devenu célèbre depuis la belle défense de Kars, en 1854, accompagnés des autorités de la province, se portaient à la tête de la garnison turque, au-devant du commissaire extraordinaire du sultan. Un bataillon d'infanterie française était échelonné sur le front de bandière du camp pour rendre les honneurs militaires au Pacha, et un peloton de hussards et de spahis se tenait en selle pour l'escorter.

Fuad-pacha arriva vers huit heures, suivi de lanciers turcs et de cawas, qui étaient les gardes ordinaires à l'usage des personnages officiels en Orient. Il s'arrêta quelques instants au milieu du groupe des autorités, puis tout le monde l'accompagna jusqu'à la caserne turque qu'il avait choisie pour sa résidence.

Le lendemain, je fis une nouvelle promenade dans Beyrouth pour parcourir le vieux quartier connu sous le nom de bazar ; cette dénomination commune à toutes les villes d'Orient désigne spécialement le quartier du commerce ; j'en reparlerai plus loin.

Ce même jour, je suis allé aussi visiter une église maronite que j'ai trouvée jolie, fort bien décorée de riches ornements. J'y ai remarqué un grand tableau représentant une *Descente de Croix*, signé d'Eugène Delacroix.

J'allais en sortir quand j'aperçus non loin de moi

un prêtre maronite à la figure vénérable. Il portait une longue barbe blanche ; son visage, d'une douce expression, trahissait de nombreuses douleurs. En effet que de souffrances n'avait-il pas dû endurer depuis de longues années, dans ce pays presque continuellement torturé ? Quand il vit que je le regardais avec intérêt, il vint à moi, me prit affectueusement les deux mains et me remerciant en assez bon français de la visite que je venais de faire à son église, il entama avec moi une longue conversation. Il me raconta son histoire : il avait voyagé en Europe, visité Paris, puis, revenu en Syrie, il s'était consacré à l'éducation de la jeunesse chrétienne du Liban. Comme tant d'autres, il était lui aussi, réfugié à Beyrouth, chassé de sa maison par les Druses, heureux d'avoir pu échapper aux massacres pour consoler encore et secourir les malheureux.

Il me fit voir différents endroits de l'église maronite où l'on ne pouvait pénétrer sans être conduit par un guide. Je vis entre autres un réduit voûté, sorte de crypte souterraine, très intéressant à examiner par les souvenirs évoqués des temps anciens. C'était là que se célébraient les offices et que l'on enterrait les morts dans les jours de persécution. Cette vue me rappela les premiers siècles de l'Eglise, alors que les nouveaux adeptes de la foi du Christ étaient obligés de se cacher pour assister aux cérémonies de leur culte. Quand je quittai ce bon vieillard, nous étions amis.

A quelque distance de là, je me trouvai devant un autre monument également fort intéressant, la grande mosquée. Seulement je ne pus que jeter un coup d'œil furtif dans son intérieur, par la grande porte ouverte sur le passage qui communiquait au bazar ; car, on le sait, le Musulman permettait bien moins facilement qu'aujourd'hui, à l'infidèle, de diriger ses regards dans son lieu saint, encore moins d'y pénétrer. J'avais été sur le point de m'arrêter à l'entrée de cette mosquée ; mais aussitôt qu'il eut deviné mon intention, un vieux Turc accroupi dans un coin du portail me fit signe de partir d'un geste impératif. Je ne me le fis pas répéter deux fois. Je n'ai donc pu qu'entrevoir très rapidement le dedans de l'édifice. Il m'a paru garni de riches tentures orientales et de nombreux attributs accrochés à ses murs ainsi qu'aux piliers qui supportaient des voûtes retombant à droite et à gauche avec toute l'élégance de l'architecture mauresque.

Un de mes amis qui depuis quelques jours m'engageait à venir avec lui dans une maison maronite où il était reçu depuis son arrivée en Syrie, vint me chercher le lendemain dès qu'il fut permis de sortir du camp. Fort curieux de connaître cet intérieur dont il m'avait parlé, je partis enchanté de voir du nouveau.

En nous éloignant du lieu de notre campement, il nous fallut d'abord traverser le large espace sablonneux qui formait un vaste rectangle en avant du bois et où l'on ne pouvait s'arrêter sans avoir la plante des pieds brûlée. Si l'on était obligé de stationner sur ce sable exposé à toute l'ardeur du soleil, il fallait sans cesse piétiner sur place comme si l'on était sur du feu. Ensuite nous rentrions à l'ombre des pins et nous nous dirigions vers notre but où nous arrivions peu après.

La propriété, enfoncée dans un immense bouquet d'arbres, était entourée d'une épaisse clôture d'aloès et de cactus, aux larges feuilles garnies d'épines. Seul un étroit passage donnait accès dans l'intérieur. Un peu plus loin, la maison de style arabe presque entièrement abritée par les rameaux d'arbres magnifiques, dominée par de hauts palmiers, se trouvait à gauche du passage. Près de la porte, une femme était occupée à réduire en bouillie de petits morceaux de viande crue, découpés dans un pilon de marbre blanc. Le maître de la maison, assis sur son divan, fumait une longue pipe. Aussitôt qu'il nous vit, il vint à nous d'un air joyeux, nous fit prendre place près de lui et me donna à comprendre qu'il ne me connaissait pas encore, mais que j'étais le bienvenu.

Pendant toutes les salutations d'usage, une charmante jeune fille, vêtue à l'orientale, était accourue auprès de son père et, nous traitant tout à fait en amis, elle nous prit les mains et les embrassa. Les traits de cette jeune fille étaient admirables. Elle pouvait avoir de 12 à 15 ans, l'âge de la beauté parfaite dans ce pays. Ses grands yeux noirs ombragés de longs cils plus noirs encore, son nez légèrement arrondi, sa bouche finement découpée, dont le sourire laissait apparaître une double rangée de dents blanches comme l'ivoire et son teint mat quelque peu bruni, donnaient à sa physionomie un ensemble qui ne se trouve que chez les femmes d'Orient et qui leur prête un charme réel. Ses cheveux nattés en une infinité de tresses auxquelles étaient suspendues de nombreuses petites pièces d'or et d'argent, retombaient gracieusement sur ses épaules. Suivant une coutume en usage chez les femmes maronites, lorsqu'elles sont chez elles, son corsage était ouvert et laissait voir sa poitrine à nu. Elle portait en outre un large pantalon turc serré à la taille et aux chevilles. Enfin ses pieds nus semblaient se jouer dans de simples sandales en cuir jaune, à l'extrémité pointue et recourbée. Tous ses mouvements avaient une grâce infinie, et son regard était d'une douceur angélique.

Après nous avoir souhaité la bienvenue, elle passa dans une autre pièce et revint après quelques instants avec un magnifique narghileh, à moitié rempli d'une eau parfumée. Elle en bourra le foyer de tomback, l'alluma, tira quelques bouffées et nous passa le tuyau garni d'ambre, en nous invitant à fumer après elle ; puis elle alla chercher le café qu'elle nous servit encore de sa main.

Durant notre longue visite, la conversation fut fort animée, mais aussi bien décousue, sans phrases ; de notre côté nous cherchions à utiliser les quelques mots arabes qui nous étaient familiers, tandis que nos hôtes faisaient tout ce qu'ils pouvaient pour exprimer leurs pensées en français plus ou moins compréhensible.

Il nous fallut cependant quitter ce charmant intérieur, ce ne fut pas sans protestations de la plus franche amitié de part et d'autre.

Comme la chaleur commençait à diminuer et que nous avions encore assez de temps disponible, mon ami m'engagea à continuer notre promenade un peu plus loin vers le chemin conduisant de Beyrouth à Saïda, dont nous étions d'ailleurs peu éloignés.

Quand on sortait de Beyrouth par la route de Damas, qui nous menait au camp des Pins, on trouvait à peu de distance de la ville ce chemin de Saïda qui débouchait à droite. Il traversait d'abord des propriétés plantées d'arbres fruitiers, dont il était séparé par de hauts remblais de terre, ou par des murs en pierres sèches, maintenues et reliées ensemble par les racines tortueuses des cactus atteignant des dimensions énormes. Ce chemin s'enfonçait ensuite dans le bois des Pins et devenait de plus en plus sablonneux à mesure qu'il se rapprochait de la mer pour en suivre les contours à peu de distance jusqu'à Saïda.

Après une bonne demi-heure de marche depuis la ville, on arrivait à un endroit où le chemin s'élargissait. Au milieu de l'espace laissé libre, se trouvait l'entrée d'une citerne et, vis-à-vis, un peu sur le côté, une longue construction ancienne fort dégradée, mais d'un aspect très pittoresque. C'était un Khan, espèce de caravansérail, où les voyageurs trouvaient à acheter des fruits, du laitage, des œufs, du café et où ils pouvaient venir se mettre à l'abri des ardeurs du jour, en fumant le narghileh traditionnel.

C'était là que nous allions. Au moment où nous y arrivions, il y avait un grand nombre d'indigènes autour de la citerne. Des hommes remplissaient d'eau d'énormes peaux de bouc, ou de vastes cruches en terre qu'ils chargeaient sur le dos de leurs petits ânes et partaient ensuite dans toutes les directions pour vendre cette eau ; tandis que les femmes, presque toutes enveloppées d'un long manteau blanc qui ne leur laissait voir qu'un œil, arrivaient et repartaient avec de hautes amphores sur la tête. Ce spectacle avait quelque chose d'étrange. Tout était primitif dans ce tableau vivant, tout me rappelait l'époque de la vie patriarcale telle qu'elle nous a été transmise par les Écritures. D'ailleurs tout n'était-il pas là de couleur locale ? Les costumes, le langage, les chameaux, les ânes, cette antique citerne avec son espèce de portique en pierre rongée par le temps, et tout cela sur l'ancienne terre de Judée! Quant au caravansérail dont j'ai parlé, il était construit comme toutes les maisons affectées au même usage, que j'ai pu remarquer aux environs de Beyrouth. On montait une dizaine de marches pour arriver à une plate-forme appuyée au corps de logis dans toute sa longueur, abritée à droite et à gauche par un mur et couverte avec des nattes en feuilles de palmier reposant sur une charpente légère. Sur la plate-forme se trouvaient quelques tables et des bancs de bois.

Cet endroit me plut beaucoup. J'aimais à y venir de temps à autre prendre un excellent café servi à la turque, tout en jouissant du coup d'œil pittoresque qu'offraient sans cesse les abords de la citerne, et aussi pour y observer les habitués de l'endroit, de races très mélangées : vieux turcs graves et barbus, parlant peu, Métualis voyageurs, Bachi-bouzoucks au regard féroce, tous revêtus de costumes bizarres plus ou moins défraîchis.

Le général de Beaufort avait offert à Fuad-pacha de passer la revue de la petite armée française. Elle avait été fixée au lendemain 13 septembre. Dès 5 heures du matin toutes les troupes étaient en tenue de campagne, augmentée du couvre-nuque, morceau de toile blanche qui, s'attachant autour du képi et retombant sur les épaules, protégeait ainsi l'endroit le plus sensible aux coups de soleil.

La ligne de bataille entourait le camp tout entier, en lui tournant le dos ; sa droite formée par la compagnie du génie touchait à la route de Damas ; venaient ensuite le 16e bataillon de chasseurs à pied, les bataillons des 5e et 13e de ligne, le bataillon du 1er régiment de zouaves, l'artillerie, dont la batterie de montagne se présentait avec les pièces sur le dos des mulets et la batterie de campagne avec ses canons rayés ; puis enfin les escadrons de hussards et de spahis formaient la gauche.

Quelques minutes avant sept heures, les tambours battaient, les clairons sonnaient sur toute la ligne : Fuad-pacha et le général de Beaufort-d'Hautpoul, commandant en chef, arrivaient suivis d'un nombreux état-major dans lequel on remarquait plusieurs uniformes étrangers. Un cavalier, en tenue de ville, chevauchait à côté du général français, c'était un général de la cavalerie prussienne, le comte Grœben, premier aide de camp du roi de Prusse, qui parcourait la Syrie en touriste, et qui n'avait pas manqué de prendre sa part de la petite fête militaire.

Après avoir passé lentement devant les troupes, le général et Fuad-pacha allèrent se placer au milieu d'une grande avenue du bois des Pins et le défilé commença. Malgré la grande quantité de sable mouvant sous les pas, il s'exécuta en bon ordre ; les troupes avaient une attitude martiale qui valut au général de Beaufort les éloges de Fuad-pacha. Au cours de ce défilé, les spahis surtout furent splendides : en passant au galop devant l'état-major, ils exécutèrent une fantasia arabe d'un grand effet, relevé encore par l'éclat de leur belle tenue.

Fuad-pacha, commissaire extraordinaire du Sultan et généralissime des troupes turques en Syrie, avait à cette époque environ 46 ans. Il parlait parfaitement le français et l'on remarquait dans l'expression de sa figure cette finesse qui a contribué à faire de lui un diplomate des plus habiles.

Après la revue, toutes les troupes rentrèrent au

camp et se reposèrent jusqu'après le réveil de deux heures.

Le même jour un paquebot avait amené à Beyrouth un jeune homme tout récemment sorti de l'école de Saint-Cyr, le comte Munos del Recuerdo, fils de la reine Christine et du duc de Rianzarès ; il portait l'uniforme de chef de bataillon de l'infanterie espagnole et avait demandé lui-même à l'Empereur de venir faire ses premières armes en Syrie, sous le drapeau français.

Cependant l'épidémie continuait de sévir parmi nous. Tous les jours de nouvelles victimes succombaient à la contagion. Je fus moi-même pris dans la soirée d'une violente indisposition qui m'obligea, pendant plusieurs jours, à observer un repos absolu.

CHAPITRE V

La ville de Beyrouth. — Les édifices religieux. — Le bazar. — Climat. — Productions. — Différentes races de population. — Religions. — Maronites et Druses. — Les massacres. — Abd-el-Kader. — Youssef Karam. — L'Emir Mansour.

La ville de Beyrouth, autrefois Berytus, est située à 5 ou 6 lieues au nord de Saïda, l'ancienne Sidon, dont elle fut probablement une colonie. Les Grecs en firent remonter la fondation à Kronos. Pendant les guerres de Syrie, Berytus fut détruite par Triphon; mais au dire de Strabon, les Romains la firent reconstruire par deux légions qu'Agrippa y avait envoyées. Plus tard elle obtint les droits de cité romaine avec le nom de Félix Julia. Dans les premiers siècles du christianisme, il y eut à Beyrouth une école célèbre où l'on enseignait la jurisprudence et les belles-lettres; depuis cette époque elle est complètement déchue sous ce rapport. Beyrouth n'est plus qu'une ville commerciale très prospère du reste aujourd'hui. Depuis quelques années il y existe une faculté de médecine française. La ville, où l'on compte presque autant de jardins que de maisons, en dehors de la partie centrale, s'étend sur une colline descendant vers le golfe par une pente douce, à partir de la plaine qui, du pied du Liban, fait une pointe d'environ deux lieues en mer. L'angle rentrant qui en résulte au Nord, forme une assez grande rade où débouche la rivière de Nahr-el-Kelb — rivière du chien — que l'on nomme plus communément Nahr-Beyrouth. Le fond de la rade est un roc qui coupe les câbles des ancres et rend cette station peu sûre. Le port de Beyrouth, fermé, comme tous ceux de la côte, par une jetée mal faite et mal entretenue, était en 1860, comme eux, comblé de sables et de ruines.

La ville était jadis entourée d'un grand mur de pierre molle et argileuse que le boulet de canon pouvait pénétrer sans la briser, ce qui contraria beaucoup les Anglais quand ils attaquèrent et bombardèrent Beyrouth en 1840. D'ailleurs ce mur et les vieilles tours qui le complétaient, étaient sans défense. A cet inconvénient s'en joignaient deux autres qui condamnaient Beyrouth à n'être jamais qu'une très mauvaise place de guerre : d'une part elle était et est encore dominée par un cordon de collines qui courent au Sud-Est et par une chaîne de montagnes qui s'étendent du Nord-Est au Nord-Ouest ; d'autre part, elle manquait d'eau à l'intérieur et l'on était obligé d'en aller puiser assez loin au dehors, à des sources ou à des citernes ; encore cette eau n'était-elle pas des meilleures. Actuellement la situation de la ville est bien améliorée, les quartiers neufs sont abondamment pourvus d'eau de bonne qualité.

On trouvait hors des murs de l'antique Berytus, à

l'Ouest, des fûts de colonne et quelques autres ruines qui indiquaient que l'ancienne ville était beaucoup plus grande que le Beyrouth moderne.

En 1860, on comptait à Beyrouth environ 70.000 habitants, en y comprenant ceux des nombreuses villas qui se trouvaient *extra muros*.

L'intérieur de la ville était assez généralement sale, triste et nauséabond ; les rues en étaient étroites, tortueuses, mal tenues. A part les trois artères principales qui avaient été percées en ligne droite à une époque récente, ce que l'on appelait rue dans cette grande agglomération de population n'était qu'un étroit passage, et le dallage, fort avarié, un casse-cou perpétuel ; les maisons d'un aspect souvent misérable n'y gardaient aucun alignement, elles semblaient jetées là comme au hasard. Les étages supérieurs surplombant la voie publique et les toiles ou paillassons, tendus d'une maison à l'autre, de manière à intercepter les rayons du soleil, formaient un singulier ensemble. La majeure partie de la population circulant dans les rues était couverte de misérables haillons.

Beyrouth n'a pas de monuments curieux à visiter, si ce n'est la grande mosquée et quelques églises. A l'époque où je m'y trouvais, on comptait sept mosquées ; la principale dont j'ai parlé précédemment, a les cinq dômes et le minaret qui se retrouvent dans les belles mosquées de Constantinople et de Damas. C'est, dit-on, une construction d'origine chrétienne qui date du temps des croisades et fut d'abord consacrée à Saint Jean. Les autres n'ont rien qui les signale aux yeux. Beyrouth renfermait en outre neuf temples chrétiens des différents rites. Les principaux étaient : l'église du couvent des Capucins que les Européens considéraient comme leur paroisse, sans doute parce que le supérieur de ce couvent avait le titre de délégué apostolique ; l'église des Maronites dont il est question dans le précédent chapitre ; celle des catholiques grecs, la plus grande et la plus remarquable comme architecture ; enfin la petite église des Arméniens, très simple d'ornements, mais propre et coquette dans sa simplicité. Dans tous ces temples, les femmes ont habituellement une enceinte réservée entourée de grilles en bois dont les barreaux très serrés interceptent complètement la vue de l'intérieur.

Parmi les constructions religieuses doit figurer également l'hôpital des Sœurs de Saint Vincent de Paul, grand et bel établissement construit aux frais de l'Ordre vers 1850. Avant l'expédition française, il servait de maison d'enseignement pour les jeunes filles catholiques, d'hospice pour les malades, de pharmacie pour tous les malheureux de n'importe quelle religion. Il fut transformé en hôpital militaire pendant notre séjour en Syrie.

En face de l'hôpital se trouvait le Sérail du pacha gouverneur de la ville, avec ses rares petites fenêtres, ou moucharabiehs, éloignées du sol et fermées de nombreux et solides barreaux de fer entrecroisés. Du dehors cette construction paraît très vaste, et l'aspect sévère de ses grands murs noircis la faisait plutôt ressembler à une prison qu'à un palais. Assurément, l'intérieur décoré avec tout le luxe oriental, ne répondait pas à l'extérieur. C'était un des derniers vestiges du vieux Beyrouth.

La place du Canon, située non loin de là, à la porte orientale de la ville, longue d'environ deux cents mètres, était autrefois le centre du quartier européen qui, depuis, s'est transporté plutôt vers la mer. Cette place tire son nom, paraît-il d'un vieux canon qui était resté dans la grande tour située à l'un de ses angles et que les boulets anglais démantelèrent en 1840. Elle s'appela aussi, plus tard, la place des Omnibus, de ce que le point de départ de la ligne allant au delà du Camp des Pins, y fut établi pendant notre séjour. A droite de cette place, en regard de la mer, s'élevaient de grandes maisons à terrasses, des cafés et des hôtels français ; de l'autre côté, la prison turque et, par l'angle du fond, qui se trouvait un peu plus loin, on pénétrait, aux pieds de la vieille tour dont je viens de parler, dans le bazar qui constituait à vrai dire l'ancienne ville.

Le bazar était le quartier essentiellement commerçant ; mais à part quelques boutiques de bijouterie, de soieries et d'armes de luxe, mieux tenues que les autres, l'ensemble de ce quartier était peu propre ; on le trouvait toujours humide, boueux ; le soleil n'y pénétrant jamais suffisamment. Les indigènes asiatiques, généralement avares, qui se livraient à quelque commerce, trouvaient toujours assez convenable la petite échoppe dans laquelle ils se tenaient assis, les jambes croisées sous eux, au milieu de leurs marchandises, qu'ils ne s'occupaient nullement de faire valoir comme les Européens.

A mesure que l'on s'enfonçait dans le dédale de ce curieux quartier, on voyait apparaître autour de soi, toute la série de ces indigènes pour lesquels l'oisiveté semble un état normal ; si l'on en exceptait les portefaix qui, là comme partout, peut-être même plus qu'ailleurs, se disputaient sans cesse, bien peu d'entre eux travaillaient. Nonchalamment étendus de tous côtés, surtout à l'ombre, ils regardaient l'étranger d'un œil impassible, révélant plutôt la crainte que la sympathie. Beaucoup d'entre eux occupaient leur temps à compter les grains de leur tesbir — chapelet arabe à 99 grains, — tout en récitant 99 des noms d'Allah, puisqu'il n'est point permis aux lèvres mortelles de prononcer le centième.

Les cafés turcs, nombreux, largement ouverts sur le passage ou sur la rue, comme à Constantinople, étaient continuellement remplis d'hommes de tout âge, fumant silencieusement le narghileh, le chibouk, ou la cigarette. Partout les turcs s'y reconnaissaient à leur barbe, car tout aussi bien que le turban, la barbe est le signe extérieur des sectateurs du Coran.

Contrairement à ce qui se fait dans nos contrées,

où tous les commerces sont confondus, en Asie-Mineure, comme en Turquie, chaque spécialité a son quartier particulier dans le bazar. C'est ainsi que l'on passe du quartier des forgerons, dans celui des armuriers, du quartier des changeurs de monnaie dans celui des marchands de comestibles et qu'en quittant les marchands de draps et de soieries, on retombe dans la galerie des orfèvres. Dans toutes ces boutiques minuscules et sans apparence, on peut se procurer les plus charmants objets fabriqués à Beyrouth : des soieries tissées avec un goût exquis, des broderies très artistiques, des cafetières, des supports de tasses en filigrane d'argent, travaillées avec une délicatesse extrême, et tous ces ouvrages ravissants ont été exécutés sur de grossières machines.

C'est surtout dans la matinée qu'il est curieux de parcourir ces bazars. On y jouit alors d'un coup d'œil extraordinaire à la vue de toutes ces figures bronzées, de tous ces différents types orientaux, depuis le pauvre chamelier, ou muletier porteur d'eau, jusqu'au puissant cheick du désert, au riche effendi de la ville ; leurs costumes variés, en analogie avec leur position sociale, aidant à former un contraste que l'on ne peut rencontrer que dans ce pays. Les femmes y circulent aussi pour faire leurs emplettes ; mais avec leur large manteau d'étoffe blanche qui les recouvre entièrement et dont elles ramènent les bords sur le visage déjà voilé, de manière à ne laisser que les yeux découverts.

Ce qu'il y avait de fort ennuyeux dans ces bazars aux passages étroits, c'étaient les chevaux, ânes, mulets ou chameaux qui, ayant la faculté d'y circuler librement, vous bousculaient souvent d'une façon fort désagréable, malgré les *Warda !* incessamment répétés de leurs conducteurs.

Un autre inconvénient de ce pays, c'était la monnaie qui n'avait pas un taux fixe et dont le change variait à chaque instant, selon la situation commerciale de la place. On ne savait jamais à quoi s'en tenir. Il fallut un ordre du général qui nous fit connaître la valeur de chaque pièce étrangère, turque, autrichienne, grecque ou russe, que l'on nous donnait en échange d'or ou d'argent français. Malgré cela on avait souvent de grandes difficultés avec les indigènes qui ne voulaient jamais nous donner autant que nous leur demandions et avec lesquels il fallait employer les menaces de correction immédiatement suivies d'un commencement d'exécution ; sans quoi on ne parvenait pas à se faire comprendre. Quand on achetait il fallait aussi toujours marchander et, si le vendeur demandait 20, offrir 10 sans le moindre scrupule, payer et partir avec la marchandise.

Parmi les habitants de Beyrouth, quelques-uns cependant paraissaient actifs et travailleurs. On les voyait aller et venir sans cesse avec leurs grandes jambes noires, sèches et nerveuses, portant quelquefois des charges que leurs bêtes de somme n'auraient peut-être pas été capables de traîner. Cela me rappelle le porte-faix de ce chroniqueur arrivant à Beyrouth avec une énorme caisse : « place-la sur ton mulet », dit-on à l'indigène chargé du transport des bagages ; « c'est trop lourd pour lui », répondit-il, en prenant le fardeau sur ses épaules.

De tout ce que j'ai dit sur Beyrouth, il résulte donc que l'aspect intérieur de la ville ne correspondait nullement à l'idée que l'on s'en faisait d'après le coup d'œil féerique et enchanteur qui se présentait du dehors, en y arrivant par la mer. Néanmoins, j'aimais à venir souvent dans la ville, où tout m'intéressait au plus haut point. J'aimais à m'initier à l'existence de ce pays, si différente de la nôtre, et, malgré les quelques détails de misère et de mauvais entretien que j'ai pu donner sur certaines parties de la ville et du bazar, Beyrouth m'a laissé une impression profonde, un souvenir ineffaçable qui réveillent toujours en moi des idées de grandeur et de magnificence, inspirées sans doute par le beau ciel qui couvre cette contrée en l'inondant de lumière, et par la majesté des montagnes qui l'entourent.

Le climat de Beyrouth est loin d'être tempéré. C'est un été continuel, avec un soleil plus ou moins ardent ; mais on n'y voit jamais d'hiver, jamais la neige n'y blanchit le sol de sa couche glacée. Cependant au moment des chaleurs torrides de septembre, nous y trouvions presque à chaque coin de rue d'énormes morceaux de glace fixés sur une pique de fer, dans l'étal des marchands de limonade. On la tirait des glaciers de la montagne situés à peu de distance.

Pendant la mauvaise saison, c'est-à-dire aux mois de décembre et de janvier, il tombe des pluies continuelles précédées presque toujours par des orages effrayants, véritables tempêtes terrestres dont on n'a pas d'idée dans nos pays. Les nuages y prennent une teinte inconnue, et les grondements du tonnerre y sont d'une puissance telle, que la terre tremble et que tout semble ébranlé à chaque nouvelle décharge d'électricité.

Quand la saison des pluies est passée, le ciel redevient calme et limpide pour huit ou dix mois sans interruption. Il n'y a plus alors que les rosées abondantes des nuits pour féconder la terre.

La campagne qui s'étend de la ville à la montagne, sur une longueur d'environ deux lieues, est très fertile. Les céréales y poussent en abondance et toute cette plaine garnie d'arbres de toutes espèces, ressemble à un immense verger. On y voit le marronnier à côté du figuier et de l'olivier ; les nopals et les cyprès dominés par des palmiers gigantesques ; dans certaines contrées, la canne à sucre ; puis les lentisques, les aloès, les cactus, les bananiers, les pruniers et les abricotiers de Damas, si renommés ; enfin les sycomores et les mûriers blancs, dont le feuillage entretient des milliers de vers à soie, la richesse du pays, et dont les branches noueuses prêtent à la vigne un bienveillant appui, d'où s'échappent en tout temps les grappes dorées de raisins succulents. Les vignes de Syrie dont les pampres sont toujours verts, fournissent ce fameux vin récolté par les Maronites et auquel sa belle couleur a fait donner le nom de vin d'or.

On y cultive aussi des quantités innombrables de citronniers et d'orangers, dont les fleurs perpétuelles embaument l'atmosphère d'un parfum délicieux. De même que la vigne, l'oranger donne des fruits pendant une grande partie de l'année et avec une si grande abondance que, quand nous allions voir un indigène dans sa propriété, il cassait une branche d'un oranger, pour nous l'offrir toute couverte de fruits, comme l'on fait en France d'une branche de cerisier.

A côté de toute cette végétation luxuriante et productive, croît encore le laurier-rose dont l'ombre est mortelle. La couleur éclatante de ses fleurs nombreuses, répandues dans toute la campagne, forme comme d'immenses corbeilles de l'effet le plus admirable. Nombreux aussi sont les rosiers toujours en fleurs qui ont donné à la Syrie son nom oriental de Gulistan qui signifie *terre des roses*.

Beyrouth a été longtemps l'entrepôt commercial des Maronites et des Druses, par lequel ils faisaient passer leurs soies et leurs cotons, presque tous à destination du Caire, d'où ils recevaient en retour, du riz, du tabac, du café et de l'argent ; ils échangeaient ensuite ces denrées contre des blés récoltés dans la plaine de la Bekaa, entre le Liban et l'Anti-Liban et dans le Haouran qui s'étend au delà de l'Anti-Liban, au sud de Damas. Aujourd'hui c'est encore un port de commerce des plus importants pour le trafic des soies écrues ou en cocons, des tissus de soie, des cotons, des laines, des tapis et des éponges.

Le commerce Syrien est aussi alimenté par les armes, dont la renommée fut autrefois si grande, par les mille petits objets de luxe oriental dont les populations du Levant se servent à profusion, enfin par les fruits du pays, par l'eau de rose et par le tabac. Le tabac est une des richesses de la Syrie, celui de Latakié, le Kourani, que l'on y fume beaucoup, est particulièrement à la hauteur de la réputation qui se rattache au nom de ce tabac du Sérail.

La population de Beyrouth était très composée quant aux races. On y rencontrait des Turcs, des Grecs, des Egyptiens; les Métualis— secte particulière de musulmans, — les Maronites, les Arméniens, les Kurdes et les Juifs y étaient nombreux; peu de Druses habitaient la ville, ceux-ci préférant généralement le séjour des montagnes plus conforme à leur caractère. Enfin parmi les commerçants ou industriels établis à Beyrouth ou dans les environs, se trouvaient des Français, des Anglais et des Américains du Nord.

Le Turc se reconnaissait facilement à son énorme turban aux couleurs variées du cachemire, pour le simple croyant, ou vert, pour celui qui avait accompli le pèlerinage de La Mecque. Le Maronite ne se coiffait habituellement que du tarbousch rouge; quand il était en toilette d'apparat, il prenait le turban vert rayé d'or et de pourpre. Sa figure, toujours ornée de la moustache seule, était douce, sa démarche presque timide. Le Druse, au contraire avait une allure fière et hautaine, son regard dénotait l'énergie ; la férocité se lisait dans ses traits brunis que rendait plus noirs encore la blancheur de son turban, ou de son kouffieh de soie blanche retenu sur la tête par la corde tressée en poils de chameau à la façon des Arabes. Les Druses portaient aussi habituellement par dessus leurs vêtements de laine, le machlah fauve, rayé de noir et de blanc, espèce de grand manteau à manches courtes et à capuchon.

Il était encore des hommes au costume pittoresque que l'on rencontrait fréquemment dans Beyrouth. Le type de leur physionomie était énergique, empreint de la régularité des belles races. Ils portaient sur une culotte collante, une petite jupe blanche très ample qui ne descendait que jusqu'aux genoux. Ils étaient armés de toutes pièces : deux gros pistolets à la ceinture, un sabre recourbé au côté, poignards et cartouchière. C'étaient des Albanais que le gouvernement ottoman avait enrôlés comme gendarmes et qui faisaient la police des villes.

De même aujourd'hui qu'en 1860, les religions sont aussi variées à Beyrouth que les races qui l'habitent. Le culte de Mahomet s'y retrouve à chaque instant ; si ce n'est à la vue des mosquées, c'est en entendant le Muezzin qui, du haut de son minaret, vient à différentes heures du jour et de la nuit, lancer aux quatre vents du ciel, de sa voix grave et chantante, son appel au *Namaz* ou à la prière des croyants : « *La Allah il Allah, ve Mohamed russoul Allah* ». — « *Il n'y a d'autre Dieu que Dieu et Mahomet est le prophète de Dieu* ».

Dès qu'ils ont entendu cette formule répétée à tous les minarets de la ville, les Musulmans, le front incliné vers la Mecque, commencent immédiatement leurs dévotions en quelque lieu qu'ils se trouvent.

Et moi-même, lorsque je me trouvais à Beyrouth le soir et que l'harmonie de cette voix sonore résonnait soudain au milieu du silence de la nuit, j'éprouvais chaque fois une impression indicible, un saisissement étrange dont je ne pouvais me défendre, et alors, écoutant cet appel vers Dieu, qui s'adressait cependant aux fidèles d'une religion en opposition à la mienne, mes pensées se portaient naturellement vers les sentiments élevés de la prière.

Combien d'autres cultes religieux sont encore en exercice en Syrie : le culte catholique arménien, le judaïsme, le grec melchite, le grec schismatique, puis le catholicisme rite latin et rite oriental, enfin le culte étrange des Druses.

Les Maronites, chrétiens catholiques du rite oriental, dépendent de Rome. Ils reconnaissent la suprématie du Pape, et leurs prêtres regardent comme leur chef dans le Liban le Patriarche, que dans leur langue ils appellent Batrak. Les prêtres Maronites peuvent être mariés, comme aux premiers temps de l'Eglise ; mais ils ne peuvent passer en secondes noces, ni se marier après avoir reçu les ordres. Un prêtre marié ne peut être évêque. Ils célèbrent la messe en Syriaque, qui est pour le peuple ce qu'est pour nous le latin, une langue peu comprise des masses ; pour l'intelligence des fidèles, l'Évangile seul se lit à haute voix en Arabe, langue usuelle du pays. Ils pratiquent la communion sous les deux espèces.

Les prêtres sont habituellement revêtus d'une grande lévite en étoffe, bleu foncé, qui les enveloppe de la tête aux pieds ; ils sont coiffés d'une sorte de turban élevé, renflé par le bas, de même nuance que le vêtement.

La nation Maronite qui comptait en 1860, environ 150,000 âmes dans le Liban, tire son nom d'un saint anachorète appelé Maroun, lequel existait vers la fin du XIVe siècle et dont le nom était en grande vénération dans la Syrie entière. Les Maronites possédaient à la même époque, entre Beyrouth et Damas, 63 couvents habités par 900 religieux et 400 religieuses. Ils avaient un patriarche, 15 archevêques ou évêques et 600 prêtres.

Si les coutumes religieuses des Druses n'ont pas été modifiées depuis l'époque de l'expédition française, ceux-ci ont une croyance particulière qui tient un peu de l'islamisme et beaucoup de l'idolâtrie. Chez eux, comme chez les musulmans, la polygamie est permise ; leurs chefs ont des harems dont la garde est confiée à des eunuques. Contrairement aux Musulmans, ils ne pratiquent ni circoncision, ni jeûnes, ni prières ; leur loi religieuse ne leur prescrit pas l'abstinence du vin, ni celle de la viande de porc. Chez les Druses, le mariage entre le frère et la sœur est admis. Leur culte, sauvage comme le peuple, ne se célèbre ni dans un temple, ni dans un édifice quelconque : c'est dans une vallée écartée, quelquefois dans une caverne profonde, et toutes les trente nuits, qu'ont lieu leurs assemblées religieuses, auxquelles nul profane ne peut assister. Dans ces assemblées ils discutent surtout les questions d'ordre politique et d'indépendance de leurs tribus ; et, de ces discussions, naissaient presque toujours autrefois des arrêts de mort pour tous ceux qui n'étaient pas disciples d'Hakem. Leur religion d'ailleurs n'est pas faite pour adoucir les mœurs de ce peuple passionné pour la vengeance, puisqu'elle lui enseigne de venger le sang par le sang.

Les Druses sont idolâtres en ce sens que, croyant à la métempsycose, ils rendent les honneurs du culte sacré à un veau, persuadés qu'ils sont de la transmigration de l'âme de leur dieu Hakem, dans le corps d'un de ces animaux.

Hakem, musulman de la Secte d'Ali, fut d'abord un Kalife très puissant chez les Druses, puis à l'image de Mahomet, il prophétisa une religion nouvelle. Plus tard, les descendants de ceux qui avait écouté ses doctrines, ont fait de ce prophète un dieu.

Le territoire qu'occupaient les Druses au nombre de 100 à 120 mille, s'étendait tout autour de la chaîne du Liban. Ils sont, dit-on, originaires d'Egypte, d'où ils se seraient enfuis ver le XIVe siècle, pour se soustraire à la persécution des Mahométans. Ils tirent leur nom d'un des premiers apôtres du Kalife Hakem, appelé Durzi.

Malgré ce que l'on sait sur les Druses, le fond de leur religion, comme de leur origine, est plutôt encore à l'état d'énigme ; c'est la race la plus mystérieuse de la Syrie.

Quoique les Druses, par leur esprit belliqueux qui les a souvent poussés à des massacres, comme en 1860, aient toujours dominé le pays par la terreur, on leur prête cependant certaines qualités. « On les dit vertueux en temps de paix, d'une loyauté absolue et même d'une pureté de mœurs irréprochable. Ils ont pour la femme un culte digne des temps de la chevalerie, ils sont actifs et leur race est la plus robuste et la plus belle des races si nombreuses de ces pays. » (Pierre de Loubeau, *La Méditerranée pittoresque*).

La lutte entre les Druses et les Maronites a commencé entre deux tribus des montagnes ; puis les troubles, d'abord limités à la plage de Syrie, se sont étendus au delà du Liban, en gagnant de plus en plus l'intérieur du pays. Le massacre des chrétiens, l'incendie des villages, la profanation et la ruine des églises et des monastères ont été généraux et sans exception depuis Beyrouth et Saïda jusqu'à Damas.

La guerre débuta par le combat de Nahr-el-Kelb; quelques jours après, un violent incendie éclairait un des points supérieurs du Liban, c'était le beau village chrétien de Beit-Meri, à deux heures de Beyrouth, qui brûlait. Le lendemain, les chrétiens incendiaient, par représailles, un des principaux villages des Druses, El-Metn. Mais ceux-ci ne se laissèrent pas intimider. Aidés par les Bachi-bouzoucks de Kurchid-pacha, alors gouverneur de Beyrouth, qui fut d'ailleurs destitué et emprisonné par ordre du gouvernement ottoman, ils se livrèrent, dans la plaine, au pillage, au massacre et à l'incendie. Ils arrivèrent même aux portes de Beyrouth, continuant leurs féroces exploits jusque dans le bois des Pins, où nous campions peu de temps après. Pendant ce temps, le Djehed, ou la guerre sainte était prêchée parmi les Druses du Haouran, les Arabes bédouins de la Cœlésyrie, les Métualis, et tous accouraient prêter main-forte aux Druses du Liban. La tuerie devint générale. Damas était dans la terreur, la population musulmane de cette ville n'attendait plus qu'un signal pour se livrer aussi à l'extermination.

Les massacres ont commencé à Damas le lundi 9 juillet 1860, à deux heures de l'après-midi. Ils ont duré jusqu'à onze heures du soir, où l'on comptait déjà 500 victimes égorgées ou brûlées dans les couvents, les églises et les consulats. Les représentants des puissances européennes menacés, traqués, frappés même par les musulmans et suivis d'une foule de malheureux chrétiens, se réfugièrent alors dans la demeure d'Abd-el-Kader qui leur avait généreusement offert une précieuse hospitalité.

L'Emir a tout bravé pour arracher les chrétiens à la mort, et les menaces de la foule furieuse et la colère des deux pachas, auxquels il envoyait courrier sur courrier pour demander des secours. Ses efforts furent inutiles, les excitations d'un fanatisme aveugle prévalurent contre ses prudents conseils, et les autorités locales n'ayant fait qu'une démonstration insuffisante, les massacres continuèrent. Abd-el-Kader dut alors concentrer sa protection sur les chrétiens et les consuls réfugiés chez lui.

Dans ces déplorables événements, la conduite du noble Emir, entouré de ses fidèles cavaliers Algériens, fut admirable et au-dessus de tout éloge.

Ce nom d'Abd-el-Kader que l'on ne prononça qu'en tremblant pendant les quatorze années d'une guerre acharnée, en Afrique, contre les Arabes dont il était le chef, ce nom, dis-je, est aujourd'hui béni par toute âme chrétienne ; car Abd-el-Kader n'a pas craint d'affronter la meute furieuse des assassins de Damas pour leur arracher des victimes dont ils voulaient la mort à tout prix.

L'Emir était doué d'une grande fermeté pleine d'intelligence; son cœur a toujours été rempli d'humanité, de générosité, de grandeur d'âme ; malgré cela, combien n'a-t-il pas été calomnié en France pendant la guerre d'Afrique ? Combien de meurtres commis sur les prisonniers français n'ont-ils pas été mis sur son compte ? que de faux serments ne lui a-t-on pas reprochés ?

Et cependant, pour ne citer qu'un exemple entre tous, Abd-el-Kader offrait un jour, au plus fort des hostilités, dans une lettre remarquable au roi Louis-Philippe, un échange de prisonniers. Le roi ne lui répondit pas. Abd-el-Kader envoya un second message dans lequel il écrivait au souverain des Français :

« Je t'ai offert l'échange des prisonniers ; tu ne m'as » pas répondu. Je ne te renverrai pas moins ceux que » je fais. J'ai fait mon devoir, à toi de faire le tien ».

Et les prisonniers français étaient rendus le même jour.

Un homme qui se conduisait de la sorte était-il capable de violer ses serments ? La conduite de l'Emir, en Syrie comme en Afrique, a prouvé le contraire.

La vénération dont Abd-el-Kader jouissait près des chrétiens de Damas, me rappelle une anecdote qui trouvera bien sa place ici.

Quelques mois avant les massacres de juillet, les environs de Damas étaient déjà souvent troublés, les chrétiens inquiétés par leurs ennemis se réfugiaient volontiers en troupes nombreuses dans la ville, où ils se sentaient plus en sûreté sous la protection des consuls européens, que dans leurs villages. Abd-el-Kader en avait déjà abrité environ 3,000 dans l'intérieur de son vaste palais, quand un samedi, veille du dimanche des Rameaux, un de ses serviteurs du nom de Yusuf qui appartenait précisément à une tribu chrétienne du Liban, fut envoyé aux renseignements dans la ville. Lorsqu'il rentra le soir, il rendit compte à son maître de ce qu'il avait appris.

— « Mais, dit Abd-el-Kader l'interrompant, ce que » tu me dis là est impossible !

— « Maître, répondit Yusuf en s'inclinant, j'ai cru » pouvoir promettre pour toi ; ils n'ont pas d'autres » moyens de te témoigner leur reconnaissance.

— « Est-ce qu'ils sont encore trois mille cette » fois-ci ?

— « Peut-être un peu plus.

— « Je ne pourrai jamais les loger, et alors....

— « Oh ! maintenant, ils sont assez nombreux pour » ne rien craindre.

— « Eh bien ! que la volonté du Très-Haut soit faite, » termina Abd-el-Kader ».

Et il s'éloigna gravement. Peut-être était-il gai en dedans.

Le lendemain, le pacha gouverneur de la ville voyait avec inquiétude du haut de sa tour d'observation, tout comme Macbeth, la *forêt qui marche* !

Tout un petit peuple, non pas cette fois de trois mille, mais de cinq ou six mille individus, arrivait soulevant des flots de poussière d'où émergeaient des taillis de feuilles de palmier. On avait dû saccager un bois entier pour avoir tant de palmes. En tête de ce cortège, avançait, monté sur un âne d'Orient superbe, un jeune homme d'une beauté singulière, le visage blanc et la barbe d'un blond fauve, tel que la tradition nous représente N. S. Jésus-Christ.

Derrière lui douze hommes fièrement drapés lui formaient une sorte de garde d'honneur.

C'était un nouveau convoi de réfugiés du Liban qui, ayant appris la protection efficace obtenue dans cette ville, et profitant de l'anniversaire, n'avaient cru pouvoir mieux faire, pour honorer le généreux Emir, que de lui offrir cette fête.

La foule des chrétiens s'avança jusque sur la place dégageant le palais d'Abd-el-Kader. Là elle se répandit, sans désordre, sans confusion, et chacun jeta sa palme à terre en tombant à genoux.

A cet instant, l'Emir parut sur le seuil. Il jeta un long regard sur ces hommes, ces femmes et ces enfants.

Et ceux-ci, toujours agenouillés, lui montrant les monceaux de palmes couchées devant eux :

— « Bénis-les ! Bénis-les ! » — crièrent mille et mille voix.

Alors grave, dressant son visage de bronze, empreint d'une émotion visible, au milieu des blancheurs éblouissantes de son burnous, il éleva les bras vers le ciel . . . .

Et c'est ainsi qu'il est arrivé qu'Abd-el-Kader, une fois dans sa vie, a béni les Rameaux.

Abd-el-Kader fut non seulement un grand homme de guerre et un grand politique, mais aussi un esprit profondément religieux, un cœur droit, un caractère que rien ne courba, sinon le respect de ce qu'il croyait juste et vrai.

Il y eut encore un homme qui sut acquérir une juste réputation de bravoure et d'intelligence dans ces affaires de Syrie ; ce fut le bey Youssef-Karam, chef du district d'Eden, dans le Kersrouan, au nord de Beyrouth. Il fut le seul chef maronite qui ait su se faire redouter des Druses et respecter des Turcs, le seul homme énergique qui ait surgi dans la guerre du Liban.

Le gouvernement ottoman, sachant tout le parti qu'il pouvait tirer d'un homme de la valeur de Youssef-Karam, le chargea d'abord, à la fin du mois d'août, de former un corps de deux cents cavaliers maronites, pour lui permettre d'exercer une surveillance active depuis Beyrouth jusqu'à Tripoli. Il n'accepta cette mission qu'avec une certaine hésitation, parce qu'il eût préféré, comme la plupart de ses coreligionnaires, être mis avec quelques centaines de guerriers au service de notre armée expéditionnaire ; mais la chose n'ayant pas été jugée possible dans les conditions où nous nous trouvions en Syrie, il finit par céder à la prière de notre consul.

Youssef-Karam avait à cette époque 37 ans, il était grand et fort. Il avait de la tenue, de la gravité, avec une certaine douceur de physionomie. Il parlait correctement le français. Il était brave, vertueux, aimait passionnément la France. Ayant eu maille à partir avec les Anglais, ceux-ci l'aimaient peu, et l'on prétendait qu'il les payait largement de retour.

Dans le courant du mois de novembre, Fuad-pacha nomma Youssef-Karam caïmacan des chrétiens dans le Liban, fonction des plus importantes répondant à celle de gouverneur de la contrée.

Enfin je dois encore rappeler le souvenir de l'Emir Mansour, notable chef de la nation maronite, à qui je fus personnellement recommandé, dont par conséquent la personnalité m'intéressait davantage.

D'ailleurs, l'Emir Mansour faisait partie de la députation des Cheiks et des Emirs de la montagne réfugiés à Beyrouth, qui vinrent saluer le général de Beaufort d'Hautpoul, peu de temps après son débarquement. Cette députation comptait dans ses membres, des princes de la famille Chéab, la plus puissante de la Syrie avant les événements, ainsi que de plusieurs autres familles ayant aussi régné sur le pays ; le bey Youssef-Karam s'y trouvait également.

L'Emir Mansour qui avait appris la langue française à Paris, fut chargé d'adresser au général le discours suivant :

« Général,

« Les principaux représentants de la nation maro-
» nite viennent vous offrir leurs hommages, leurs
» respects et vous souhaiter la bienvenue à vous et à
» vos vaillantes troupes. Vous le savez, général, de-
» puis des siècles, la France nous a pris sous sa puis-
» sante protection. On nous appelle les Français du

» Liban et on a raison ; car si nous ne sommes pas
» Français d'origine, nous le sommes par le cœur et
» les croyances. Nos bras et nos cœurs sont à vous ;
» trop heureux si vous pouviez disposer de nous
» comme de vos propres soldats ! »

Touché de cette démarche, le général y répondit avec bienveillance, en recommandant aux Maronites le calme, la patience et le courage persévérant qui triomphe de toutes les haines et de toutes les difficultés.

Ce ne fut que dans le courant du mois d'octobre que je reçus de France une lettre émanant d'un personnage qui avait intimement connu l'Emir à Paris, et qu'il m'avait chargé de lui remettre. Malheureusement quand me parvint cette lettre par laquelle je lui étais chaudement recommandé, l'Emir Mansour avait depuis quelque temps quitté la ville, pour retourner dans ses domaines de la montagne. Obligé par les circonstances de rester à Beyrouth, je ne pus, à mon grand regret, profiter des avantages que cette haute relation m'eût certainement procurés.

CHAPITRE VI.

Situation politique des affaires de Syrie. — Une caravane. — Rentrée à Beyrouth d'un bataillon d'infanterie de l'armée turque. — Le patriarche de Jérusalem. — Le général de Beaufort et Fuad-pacha. — Arrestation de plusieurs chefs Druses. — Départ des colonnes d'expédition. — Je suis atteint par l'épidémie. — A l'hôpital de Beyrouth. — Sœur Marie-Thérèse.

La revue du corps expéditionnaire passée le 13 septembre par le général commandant en chef, accompagné de Fuad-pacha, avait grandement contribué à relever la confiance des Maronites et le moral des troupes, quelque peu ébranlé par l'inaction de l'armée. On ne voyait pas qu'une parade ordinaire dans cette revue, on y voyait surtout, pour les deux généraux, le motif plus sérieux de se rendre compte de la tenue des hommes sous cet ardent climat et de l'état du matériel, en vue d'un prochain départ en expédition.

Le moral des troupes à relever, c'était là un grand point; car, ainsi que je l'ai dit déjà, l'épidémie s'était jetée dans nos rangs, faisant tous les jours d'effrayants ravages, et cet état de choses, auquel il eût été si facile et si nécessaire de remédier, inquiétait les soldats. Il n'y avait cependant pas de la faute de notre général. Lui, tout le premier, eût désiré partir et nous conduire à l'ennemi; mais, nous étions venus en Syrie pour aider les troupes du Sultan à pacifier le pays. Or les Turcs n'agissant pas, nous n'y pouvions absolument rien. Il nous fallait attendre leur bon plaisir, et ce moment de l'action était de plus en plus retardé par l'ardent désir qu'avait le commissaire extraordinaire de la Porte-Ottomane de se passer de notre concours. Il était en outre fortement appuyé, dans sa politique d'isolement, par certains membres de la Commission européenne, réunie à Beyrouth, parmi lesquels je pourrais en citer un dont les agissements n'ont que trop démontré la protection qu'il accordait aux Druses.

Il n'entre pas dans mes intentions de vouloir critiquer ici la conduite du ministre du Sultan. Fuad-pacha était un diplomate de grande valeur. Il le savait; donc, il voulait dominer. Tout autre que lui, dans des conditions égales, eût agi sans doute de la même façon.

Tandis que les conférences diplomatiques se prolongeaient, l'ennemi gagnait du temps, et, plus on retardait le châtiment des coupables, plus ils le rendaient impossible en s'éloignant. Déjà leurs bandes avaient en grande partie quitté le Liban et s'étaient repliées vers les défilés inaccessibles du Haouran, au delà de l'anti-Liban, où elles nous attendaient en pleine sécurité. D'un autre côté, tous les Maronites réfugiés à Beyrouth, qui s'attendaient à une prompte vengeance et pensaient pouvoir rentrer prochainement chez eux, sous notre protection, ne comprenaient rien à ces lenteurs. Ils n'avaient pas confiance.

Tant que nous ne marchions pas, ils n'osaient pas retourner dans leurs propriétés, s'exposer à la fureur de leurs ennemis, et avec d'autant plus de raison que tous les jours on apprenait encore que de nouveaux meurtres étaient commis, isolément c'est vrai, tant à Damas que dans les villages du Liban.

Tous ces malheureux venaient sans cesse dans notre camp, nous questionner, nous demander quand nous partions dans la montagne, et nous ne pouvions les satisfaire. Puis ils allaient chez le général qui ne pouvait que les engager à la patience. Le lieutenant-colonel Chanzy, qui conquit plus tard une si grande renommée militaire, était à cette époque attaché à l'état-major du quartier-général comme chef du bureau politique. C'était lui qui recevait habituellement les députations et qui sut maîtriser les désirs de vengeance, quelquefois exagérés, de ce malheureux peuple.

Avides d'obtenir une solution aux questions qu'elles posaient pour leur sécurité, les députations se transportaient aussi auprès de Fuad-pacha et lui reprochaient son inaction dans des discours fort sensés, mais souvent trop violents.

Et le pacha, croyant ou feignant de croire que ces discours étaient dictés par quelque puissance étrangère, faisait arrêter les principaux chefs de la manifestation, jusqu'à ce qu'ils aient avoué quels en étaient les instigateurs. Comme les malheureux ne pouvaient rien avouer, puisqu'ils agissaient d'eux-mêmes, ils étaient gardés en prison indéfiniment.

Telle était la situation, au moment où se passa cette revue dont j'ai parlé et dont le résultat fut excellent, parce qu'il rendit le courage aux troupes et l'espoir aux Maronites.

A la même époque, Fuad-pacha, dans le but de calmer encore les esprits, prétendit arriver à une réconciliation générale des Druses et des Maronites, en convoquant auprès de lui tous les cheicks des deux partis. A cet effet il leur écrivit une lettre circulaire datée du 28 du mois de Séfer 1277, — 13 septembre 1860, — dans laquelle il leur disait que, pour examiner avec justice l'origine et le progrès des événements qui avaient ensanglanté le Liban, il était nécessaire d'entamer une discussion judiciaire dans laquelle on établirait avec précision la cause de ces événements, ainsi que les circonstances particulières qui les avaient amenés ou entretenus ; qu'il était urgent de réintégrer dans leurs domiciles, ou dans leurs biens, les nombreux sujets du Sultan qui en avaient été dépossédés ; qu'enfin il n'était que l'interprète des populations du Liban et de tous ceux qui avaient à se justifier. Pour en arriver là, il ajoutait que tous les cheicks des deux nations, Druses et Maronites, auraient à se rendre à Beyrouth, cinq jours après la date de cette lettre, pour répondre à l'enquête et pour que justice soit faite. Tous ceux qui ne répondraient pas à cet appel devaient être considérés comme suspects, jugés et punis selon la loi ; leurs biens devaient être confisqués.

Les chefs chrétiens étaient à Beyrouth depuis longtemps ; mais les chefs Druses n'y vinrent pas dans le délai fixé qui expirait le 18 septembre. Cependant, comme on s'attendait à en voir au moins quelques-uns des moins compromis, les troupes avaient été averties par un ordre de la division de s'abstenir de toute manifestation sur leur passage, qu'ils soient isolés, ou escortés. La précaution fut inutile, aucun Druse ne se montra.

Ce jour-là, 18 septembre, il plut sans discontinuer. C'était la première pluie tombée depuis de longs mois sur ce sol tant échauffé ; aussi les émanations putrides qui s'en échappèrent ne firent-elles qu'augmenter le nombre des malades. En même temps, cette pluie fit reverdir la campagne, rendit un peu de fraîcheur à la température, et tous ceux que le germe de la contagion n'avait pas encore atteints, s'en trouvèrent réconfortés.

Les jours suivants, la pluie ayant cessé, j'en profitai pour faire de nouvelles excursions dans Beyrouth, et pour visiter encore le bazar.

Un matin je revenais au camp, lorsqu'en sortant de la ville je rencontrai une caravane qui allait y entrer. Une longue file de chameaux chargés de butin, attachés à la queue les uns des autres, s'avançait de ce pas grave et solennel qui leur est particulier. Ils étaient conduits par des Bédouins du désert, vêtus du machlah à larges raies noires et blanches, les pieds nus et la tête coiffée d'une sorte d'écharpe aux couleurs variées, ou bien du kouffieh blanc retenu sur le front par la corde brune en poils de chameau. Venaient ensuite quelques nègres, serviteurs du chef de la caravane. Ils étaient montés sur des chevaux ou des mulets dont l'ornement se composait d'une selle de velours capitonné et de harnais de maroquin rouge, ouvragés et garnis d'amulettes, de croissants et de piécettes d'argent. Le cheick arrivait à quelques pas plus loin, fièrement campé sur son magnifique cheval arabe, à l'œil de feu, à la crinière et à la queue flottantes et richement caparaçonné. Puis venaient les femmes montées sur les plus beaux chameaux et assises dans des espèces de palanquins recouverts, dont les draperies n'étaient qu'entr'ouvertes. Enfin une dernière troupe de serviteurs nègres fermait la marche.

Après le défilé de ce curieux cortège, je rentrai au camp pour me livrer aux douceurs de la sieste, ou du kief suivant l'expression orientale ; mais, comme chaque jour, ce fut un repos bien conventionnel, en raison de la chaleur torride que nous avions à supporter au milieu des sables brûlants qui nous servaient de lit.

Dans l'après-midi je fus obligé de retourner à Beyrouth. Vers cinq heures du soir je me trouvais sur la route de Damas, non loin de la place du Canon, quand j'entendis des tambours et clairons cadençant une marche d'une façon absolument différente de la nôtre. C'était un bataillon d'infanterie turque, de l'armée régulière qui rentrait en ville pour se reposer des fatigues d'un séjour prolongé dans la montagne.

A cette époque, l'armée turque était loin d'avoir l'aspect qu'elle présente aujourd'hui et qu'elle a acquis surtout depuis le règne du Sultan Abdul-Hamid. D'un autre côté, le désordre de la tenue militaire de cette troupe était excusable par la rude campagne qu'elle venait de faire. Quoi qu'il en soit, tels que ces soldats se présentèrent à ma vue, je dois avouer qu'il eût été difficile d'en trouver de plus déguenillés et d'une tournure moins martiale que ceux-là. Leurs uniformes graisseux, usés, tombant en loques, étaient devenus de couleurs invraisemblables. Les chaussures du petit nombre de ceux qui en avaient, étaient dans un état pitoyable : et leurs figures noircies paraissaient l'être autant par la malpropreté que par le soleil. Quelques-uns portaient des hâvre-sacs qui, leur tombant sur les reins, semblaient les gêner horriblement pour la marche. Leurs fusils, à pierre ou à piston, aussi mal entretenus que leurs personnes, étaient maintenus péniblement, dans la ligne horizontale, sur l'épaule droite, de telle façon que chaque homme était obligé de se tenir à distance de celui qui le précédait pour ne pas être meurtri par l'arme de celui-ci. Enfin leur marche cadencée au son de cette musique de tambours et de clairons fort harmonieuse, était d'une lenteur désespérar tenue des officiers n'était guère plus brillante que celle des soldats. On les distinguait cependant facilement par la présence du sabre qu'ils tenaient à la main. Ce bataillon pouvait compter environ 900 hommes. Beaucoup d'entre eux vinrent visiter notre camp les jours suivants.

Je m'étais attablé pour dîner avec quelques amis au restaurant français de la route de Damas, quand un nouvel incident vint attirer notre attention : le passage du patriarche latin de Jérusalem, Mgr Valerga, arrivé récemment à Beyrouth. Le vénérable prélat ne paraissait pas d'un âge trop avancé ; cependant la longue barbe qui lui couvrait la poitrine était presque blanche. Sa figure dénotait un homme d'une grande énergie et d'une haute distinction. Accompagné d'une suite nombreuse, pleine de respect, il passa devant nous bénissant et souriant, sans doute à nos costumes militaires français qui avaient attiré ses regards.

Quelques jours après, les divers détachements qui devaient composer une colonne de marche reçurent enfin l'ordre de se tenir prêts à partir.

Fuad-pacha, fidèle à sa politique, avait d'abord décidé que l'armée turque seule agirait par Saïda, afin de s'emparer des chefs Druses qui ne s'étaient pas rendus à son appel ; tandis que les Français iraient prendre position dans le Kersrouan, pays exclusivement chrétien et par conséquent fort tranquille.

Telle n'était pas l'intention du général de Beaufort

qui signifia immédiatement son ultimatum au pacha :

« Les Français sont venus dans le Liban pour aider « les troupes turques ; ils attaqueront les Druses « avec elles. Que Fuad-pacha pénètre dans les mon- « tagnes par Saïda, s'il le veut ; mais le jour où il se « mettra en marche, le général, à la tête de ses trou- « pes, se dirigera vers les districts Druses par Deïr- « el-Kamar, Beit-eddin et Muktarah ».

Fuad-pacha ne put faire autrement que de souscrire aux conditions du général et accepta enfin la coopération française.

Sur ces entrefaites, pendant que les troupes étaient occupées des préparatifs d'un prochain départ, l'état-major turc fut mis en émoi par l'arrivée à Beyrouth de deux chefs Druses. Cédant aux instances des représentants de l'Angleterre qui n'avaient pas été satisfaits de leur abstention, ces deux chefs, peu compromis dans les massacres, s'étaient enfin décidés à venir faire leur soumission. Ils furent parfaitement accueillis par le pacha qui les engagea à inviter les autres chefs à faire comme eux sans retard. Ceux-ci curieux de connaître le sort qui était réservé à leurs devanciers, s'étaient avancés jusqu'aux portes de Beyrouth. Dès qu'ils connurent l'accueil qui avait été fait aux deux premiers, ils se décidèrent à venir à leur tour, et le lendemain onze nouveaux chefs se présentèrent à Fuad-pacha.

La première entrevue fut pleine de courtoisie ; mais une heure après, ils furent rappelés pour une seconde conférence, arrêtés, détenus à la caserne turque et gardés à vue. Cependant on ne tenait pas encore le plus coupable d'entre tous, Kattar-Bey, surnommé depuis longtemps l'Epée des Druses ; c'était le chef du parti armé, c'était donc lui que l'on allait poursuivre.

Dès le soir même, un bataillon d'infanterie turque s'embarqua pour Saïda et les préparatifs de l'expédition se poursuivirent avec activité.

Le 24, un courrier apporta la nouvelle officielle de l'entrée en campagne de Fuad-pacha, à la tête de ses troupes. C'était le signal qu'attendait le général de Beaufort pour se mettre en route. L'ordre de départ pour le lendemain matin fut aussitôt transmis au camp des Pins.

Deux colonnes avaient été organisées pour marcher simultanément dans la direction de Damas. La première commandée par le colonel du 5e de ligne, comprenait : un bataillon de zouaves, un bataillon de chasseurs à pied, huit compagnies des grenadiers et voltigeurs des 5e et 13e de ligne, une batterie d'artillerie de montagne, deux escadrons de cavalerie et une compagnie du train des équipages avec des mulets. La deuxième colonne, partant sous les ordres du colonel du 13e de ligne était formée des douze compagnies de fusiliers de ce régiment. Les compagnies correspondantes du 5e restèrent au camp des Pins, avec le lieutenant-colonel pour assurer le service de la place et la garde du campement.

Je devais partir avec la première colonne commandée par le colonel de mon régiment. Malheureusement l'épidémie m'avait atteint depuis quelques jours et j'avais été forcé d'interrompre mes fonctions. Je me vis contraint de rester au camp des Pins. Je fus vivement affecté de ce contre-temps défavorable à mes goûts, et peut-être cette contrariété ne fit-elle qu'augmenter le mal dont je souffrais.

Admis à l'ambulance du camp, je dus y rester jusqu'au 25 octobre.

A cette époque, le bataillon de zouaves et les chasseurs à pied rentrèrent à Beyrouth avec le général commandant en chef, tandis que les douze compagnies du 5ᵉ de ligne restées au camp, partirent à leur tour pour aller rejoindre le colonel, au camp de Kab-Elias, point très important situé dans la plaine de la Bekâa, à deux lieues environ de Zahleh, dans la direction de Damas. En même temps, les autres compagnies de mon régiment et le 13ᵉ de ligne se dispersèrent dans différentes localités de la montagne et de la plaine, dans le but de protéger les chrétiens, d'aider à la reconstruction de leurs maisons ruinées et de surveiller le pays pendant la durée de l'hiver. Enfin un petit dépôt de mon régiment, composé de deux compagnies, alla s'établir dans le village de Babda, à six kilomètres de Beyrouth, aux pieds du Liban.

C'est là que je devais aller pour reconstituer mes forces toujours défaillantes ; mais elles me firent encore défaut et l'on fut obligé de m'envoyer en résidence à Beyrouth dans le local où était installé le magasin du régiment. Là encore je ne fis qu'un court séjour. Atteint du typhus, on dut me faire admettre d'urgence à l'hôpital. Dans l'état où je me trouvais réduit physiquement, et moralement affecté de me trouver privé d'une activité qui m'était chère, je ne puis dire cependant avec quelle satisfaction intérieure je me mis au lit aussitôt mon arrivée dans l'une des grandes salles de l'établissement. Ce bienfait m'était inconnu depuis longtemps ; c'était en effet la première fois que je reposais dans un lit depuis plus de cinq mois, c'est-à-dire depuis mon arrivée au Camp de Châlons, à la fin du mois de mai précédent.

Pendant quinze jours je fus très malade, et si je n'ai pas subi le sort de tant d'autres qui succombèrent autour de moi, ce fut par une attention toute particulière de la Providence et grâce aux soins assidus et sans limites des sœurs de Saint-Vincent de Paul attachées au service des malades. Il en était une surtout, parmi ces dignes femmes, sœur Marie-Thérèse, dont les soins extrêmement dévoués furent pour moi ceux d'une mère à son fils. Son souvenir ne s'effacera jamais de ma mémoire, car sans elle je n'aurais probablement pas revu la France.

En 1889, sœur Marie-Thérèse devenue Supérieure des filles de Saint-Vincent de Paul au Tonkin, reçut la croix de la Légion d'honneur.

Comme témoignage de ma respectueuse reconnaissance envers elle, je ne crois pouvoir mieux faire que de reproduire ici les paroles prononcées par le gouverneur devant les troupes réunies pour la remise de cette décoration :

« Sœur Marie-Thérèse, à peine âgée de vingt-cinq « ans, vous avez été blessée à Balaklava, pendant la « campagne de Crimée, au moment où vous prodi- « guiez vos soins aux blessés ! A Magenta, vous avez « reçu une blessure, vous trouvant aux premiers « rangs ! Depuis lors, vous avez soigné nos soldats « en Syrie, en Chine et au Mexique ! Sur le champ « de bataille de Reichshoffen, vous avez été relevée, « grièvement blessée au milieu des cadavres de nos « cuirassiers. Plus tard, une bombe étant tombée « dans les rangs de l'ambulance confiée à votre gar- « de, vous avez saisi de vos mains cette bombe, et « l'ayant transportée à quatre-vingts mètres, elle « éclata en tombant et vous blessa cruellement. A « peine guérie, vous répondîtes à l'appel pour le « Tonkin.

« Au nom du peuple français, au nom de l'armée « française, je vous remets cette croix d'honneur ; « personne n'a de titres plus glorieux à cette récom- « pense, car personne n'a plus que vous, voué son « existence et sa vie tout entière au service de la « patrie ».

Des femmes capables de tels dévouements ne sont-elles pas dignes de la plus complète admiration ?

Cependant à la fin de novembre je pus commencer à me lever. De l'une des extrémités de la salle où je me trouvais, on pouvait pénétrer sur une terrasse couvrant un des bâtiments de l'hôpital, en façade sur la rue. De là un coup d'œil splendide s'offrait aux regards. Tout près, à droite, c'était une partie de la place du Canon, où s'entassaient les uns sur les autres des monceaux d'oranges ; un peu plus loin des maisons d'une blancheur éclatante perdues au milieu de grands bouquets d'arbres ; puis au fond, la chaîne des montagnes aux sommets neigeux, courant vers la côte. A gauche, c'étaient des groupes de maisons qui semblaient échelonnées les unes par dessus les autres et dont les terrasses formaient comme d'immenses marches d'escalier. En face, se trouvaient le sérail du gouverneur de Beyrouth, les jardins du palais, les dômes, les minarets des mosquées et puis la mer qui se perdait à l'horizon et dont les flots allaient, à mille lieues de là, baigner les côtes de la patrie. C'était sur cette terrasse que j'aimais à venir passer une partie de la journée, dès qu'il me fut possible de m'y transporter. On y était toujours, d'ailleurs, en nombreuse compagnie.

Au commencement de décembre, il fut question de renvoyer en France une certaine quantité de convalescents, je fus compris dans le nombre. Jusqu'à ce jour je n'avais nullement songé à la possibilité d'un retour aussi prochain dans ma famille ; cependant j'avoue que j'appris avec quelque satisfaction la proposition dont j'avais été l'objet, et que, lorsqu'on nous fit savoir que le général avait changé d'avis et qu'il ne fallait plus espérer partir, ce fut pour moi une véritable déception. Mais, ce n'était qu'un faux bruit. Le lendemain on nous apprit qu'un congé de convalescence nous était accordé et que nous allions être embarqués, au nombre de dix-huit, à bord d'un paquebot-poste venant de Constantinople et allant à Marseille en passant par les différentes escales du Levant.

Au moment où j'allais quitter cette terre de Syrie qui avait eu pour moi tant de charmes au début de notre occupation, je regrettai amèrement de n'avoir pu supporter les rigueurs de son climat et de n'avoir pu suivre mes camarades dans leurs excursions à travers ce pays intéressant et curieux à tant de titres.

Enfin, je voudrais pouvoir donner aujourd'hui l'historique des affaires qui ont suivi l'intervention française; mais cela n'entre plus dans le cadre que je me suis tracé. Ne devant parler que de ce que j'ai vu ou appris par moi-même, je laisse de côté la suite de l'expédition dont j'ai cessé de faire partie en quittant Beyrouth.

CHAPITRE VII.

Départ de Beyrouth. — A bord du « *Jourdain* ». — Jaffa. — Mirane et ses protecteurs. — La plage d'Aboukir. — Alexandrie. — Les Salamalecks d'un nègre égyptien. — Nouvelle escale à l'île de Malte. — Un coup de vent. — Refuge aux îles Marittimo. — Le Mistral souffle en tempête. — L'île d'Elbe, Porto-Longuone. — Arrivée en France.

Je sortis de l'hôpital le 7 décembre après midi, en compagnie des autres malades qui, comme moi, retournaient en France. On fit monter en cacolet tous ceux dont les forces n'étaient pas suffisantes pour aller à pied jusqu'au point d'embarquement; je fus de ceux-là, et il me fallut même le secours de deux infirmiers pour m'aider à m'asseoir sur ce véhicule.

Le cacolet est un système de transport pour les malades et les blessés, d'une commodité relative dans les pays montagneux ou privés de routes carrossables. Il est disposé à dos de mulet, pour deux personnes, soit en forme de lits, soit en forme de sièges, fixés à droite et à gauche du bât. On y est assis aussi bien que possible; mais pour moi qui n'avais plus absolument que la peau et les os, je trouvais bien dures ses planchettes de bois et ses garnitures de fer, contre lesquelles les mouvements du mulet me rejetaient sans cesse.

On nous fit passer dans plusieurs rues de la ville que je ne connaissais pas et qui aboutissaient au port par un étroit sentier taillé dans le roc et contournant en grande partie le bord de la mer à une hauteur assez considérable au-dessus de son niveau habituel. Ce sentier rocailleux était en certains endroits fort encaissé ; mais dans d'autres il était tellement découvert du côté de la mer, que le moindre faux-pas pouvait nous précipiter dans le gouffre. Ce ne fut pas sans frémir que je me vis à certains moments dans ces endroits dangereux.

Pour franchir d'énormes crevasses bordées d'aspérités et de saillies assez prononcées, le mulet était pour ainsi dire obligé de sauter de rocher en rocher, et le chemin que nous suivions était alors si étroitement limité par des blocs de pierre d'un côté et de l'autre par le vide, que je me trouvais par instants complètement suspendu dans l'espace. Je voyais à trente pieds au-dessous de moi les vagues qui se brisaient avec fracas aux pieds de ces mêmes rochers, et j'éprouvais à cette vue une espèce de vertige qui m'aurait infailliblement entraîné, si je n'avais été retenu par les liens qui me fixaient au cacolet. Heureusement nos montures avaient le pied solide, elles nous amenèrent au port sans accident.

Une chaloupe nous attendait pour nous transporter au bâtiment ; dès que notre petite troupe fut au complet, on s'embarqua. Il nous fallut plus d'une demi-heure pour atteindre le paquebot qui se tenait au large ;

car la mer était assez houleuse ce jour-là et l'on se souvient de ce que j'ai dit précédemment sur le danger que présentait la rade de Beyrouth par le mauvais temps.

Je n'en puis citer, comme preuve, un exemple plus frappant que celui de ce même paquebot, le « *Jourdain* » à bord duquel nous allions voyager et qui s'y perdit deux ans plus tard, dans la nuit du 21 au 22 février 1863. Le temps, douteux dans la soirée du 21, devint terrible en quelques heures. Le « *Jourdain* », après avoir eu ses ancres brisées et son hélice cassée en trois endroits, s'en alla à la côte où il se partagea en deux. L'équipage et ses 158 passagers furent sauvés ; mais le bâtiment avec tout ce qu'il contenait fut complètement perdu. En même temps plusieurs autres navires, trois anglais, un italien, cinq ou six arabes et toutes les barques du port furent jetés à la côte.

Le jour de notre embarquement, la mer n'était pas aussi mauvaise qu'elle le fut dans cette nuit dont je viens de parler ; mais néanmoins la houle était forte et nous étions bien vivement secoués par les vagues dans notre frêle embarcation. Quand on arriva près du « *Jourdain* » ce ne fut pas sans difficultés que les matelots parvinrent à nous amarrer à l'échelle.

La route en cacolet et la traversée en canot m'avaient complètement épuisé : j'eus beaucoup de peine à gravir cette échelle d'une pente trop rapide pour mes jambes affaiblies. Je finis tant bien que mal par arriver à bord et je m'y fis aussitôt indiquer l'endroit

9

qui nous était réservé. On nous logea dans une cabine comptant vingt-deux places, située tout à fait à l'avant du navire. Les lits y étaient disposés en gradins de trois rangs superposés. J'en pris un dans la seconde rangée, afin d'y atteindre plus facilement. Outre les militaires convalescents, nous avions encore à bord comme passagers, une certaine quantité de Grecs et de Maronites émigrant en Égypte, et des officiers de différentes armes du corps expéditionnaire accompagnés de leurs ordonnances. Ils se rendaient à Jérusalem, sous la conduite du colonel Osmont, de l'état-major. Parmi eux se trouvait un de mes bons amis, Albert G... alors sous-lieutenant au 16e bataillon de chasseurs à pied, avec lequel je fus heureux de faire cette partie de la traversée.

On leva l'ancre vers cinq heures du soir, et une dernière fois je vins contempler le splendide panorama de Beyrouth encore éclairé des vigoureux reflets du soleil couchant ; puis le navire prit le large et cette ville, d'où j'emportais des souvenirs qui ne se sont pas encore effacés, disparut à mes yeux.

Ma première nuit à bord se passa dans d'excellentes conditions, et quand je me rendis sur le pont le lendemain matin, je fus tout surpris de me retrouver déjà quelques forces. Je montais et descendais l'escalier de la cabine plus facilement que la veille et j'attribuai ce progrès sensible dans ma situation au bon air de la mer.

Dès la pointe du jour, notre vaisseau s'était rapproché de la côte. On passa en vue de Kaïpha, petite ville du littoral syrien, bâtie aux pieds du mont Carmel. A six lieues au-dessus de Kaïpha, en s'avançant dans l'intérieur, on trouve le village de Nazareth, en arabe Nasra, si célèbre dans l'histoire du christianisme.

Il était neuf heures du matin quand on jeta l'ancre devant Jaffa, l'ancienne Joppé des Juifs. C'est là que nous quittèrent les officiers qui allaient à Jérusalem, située seulement à environ dix heures de marche. On trouve à Jaffa, dès qu'on l'aperçoit du large, un aspect tout particulier. Sur un monticule de forme arrondie se dressent des maisons dont les couvertures blanches brillent au soleil d'un éclat intense, que font encore ressortir les masses de verdure des jardins d'orangers qui les entourent et la ligne sombre des montagnes derrière lesquelles Jérusalem est cachée. Mais ici encore, comme cela arrive souvent en Orient, la distance ajoute beaucoup au charme du tableau.

Autrefois Jaffa était le principal port des Juifs. Il était fermé par une grande jetée qui nous apparut à peu près complètement en ruines. Sur les bords du quai se trouvait un couvent des moines de Terre-Sainte, m'a-t-on dit. Il nous sembla l'un des plus vastes édifices de la ville.

On leva l'ancre vers deux heures de l'après-midi, par un ciel magnifique, une mer superbe. Tout le monde put regarder à loisir et donner un dernier adieu à cette terre de Syrie que nous quittions pour toujours et dont le paquebot s'éloigna rapidement. Deux heures après nous étions tout à fait en pleine mer.

Parmi les passagers qui étaient à notre bord, se trouvait une pauvre petite Maronite orpheline, qui s'était embarquée à Beyrouth sous la conduite de deux prêtres grecs. Ils la menaient à Alexandrie. Tous trois occupaient une cabine voisine de la nôtre. Jusque-là on s'en était peu occupé ; mais dans le courant de la journée nous avions été témoins de remontrances un peu rudes qui lui étaient faites par ceux qui devaient être ses protecteurs et, chacun de nous cherchant à connaître les motifs de son expatriation, on nous apprit son histoire. La pauvre enfant, qui n'avait guère que six à sept ans, avait perdu ses parents à Damas pendant les derniers massacres. Sauvée comme par miracle de cette horrible hécatombe, elle avait été recueillie par des protecteurs qui l'avaient ensuite conduite à Beyrouth et mise à l'abri de tout danger. Elle portait le doux nom de Mirane, qui signifie Marie, et, sa parole, sa physionomie, douces comme son nom, intéressaient tout le monde à son sort. Je fus moi-même si touché de ce que j'avais appris, que j'ai vivement regretté ce jour-là de ne pas me trouver en situation de pouvoir m'occuper de son avenir ; mais mes idées d'alors étaient irréalisables, je dus les abandonner et me contenter de la faire profiter des quelques ressources dont je pouvais disposer.

On ne revit la terre que le lendemain 9 décembre,

vers trois heures du soir ; l'aspect en était tout différent de celui de la côte que nous avions quittée la veille. Ici, plus de montagnes, rien que de vastes plages sablonneuses s'étendant à perte de vue et que la présence de constructions arabes et de palmiers permettait seule de distinguer de la masse liquide.

Je saluai pour la première fois le sol de l'Afrique, satisfait de voir un coin de cette contrée qui m'était encore inconnue. Nous étions alors dans les eaux de l'Égypte. Après avoir passé non loin d'Aboukir, rendue célèbre par les événements de la campagne que dirigea le général Bonaparte, nous entrions peu de temps après dans le port d'Alexandrie, guidés par un pilote égyptien à travers les passes difficiles de cette rade qui paraissait assez dangereuse.

En effet, dès que le paquebot eut dépassé Aboukir, il dut reprendre la haute mer, en faisant un grand détour, afin d'éviter les nombreux récifs qui longent la côte ; puis il se dirigea en droite ligne sur la passe principale donnant accès dans le port, fermé par des rochers presque à fleur d'eau qui étaient à peine séparés entre eux par assez d'espace pour laisser passer un fort bâtiment.

Le port où notre paquebot jeta l'ancre tout près du quai, était immense. Il était peuplé d'une quantité considérable de navires de commerce de toutes grandeurs et de toutes nations. Il y régnait une activité incessante.

Du temps des Romains, la ville d'Alexandrie compta

jusqu'à neuf cent mille habitants, à l'époque de sa plus grande splendeur. Sa célèbre bibliothèque, qui possédait environ sept cent mille volumes, fut en grande partie détruite par un incendie, lorsque Jules César eut à réprimer une insurrection terrible, l'an 47 avant Jésus-Christ. Le reste de cette bibliothèque, ainsi qu'une grande quantité de monuments, fut entièrement anéanti par les Arabes, sous la conduite d'un lieutenant d'Omar, quand ils prirent Alexandrie en 641. Alexandrie n'a conservé aucun monument de son antique splendeur ; c'est aujourd'hui une ville commerciale toute moderne, qui doit son organisation et son développement à Méhémet-Ali, fondateur de la dynastie actuelle.

Comme nous ne devions quitter Alexandrie que le surlendemain, je voulus profiter de la journée du 10 pour aller à terre ; mais le commandant du bord ne le permit à personne. Le temps était toujours magnifique, le soleil ardent, je continuais à aller de mieux en mieux ; je pus donc occuper cette journée, sur le pont du paquebot, à observer ce qui se passait autour de moi.

Des marchands vinrent nous offrir des provisions, du tabac, des fruits, des oranges surtout qui étaient succulentes.

Parmi ces marchands il y en eut un qui nous amusa beaucoup. C'était un indigène du plus beau noir à qui j'avais acheté quelques mandarines. J'allais le payer, quand tout à coup mon homme qui s'était accroupi sur le pont, me prit les deux mains, les embrassa et refusant ma monnaie, se mit à faire devant moi des saluts sans fin, accompagnant ses gestes d'exclamations arabes que je ne comprenais nullement. Je crus que cet homme était fou, et j'allais faire en sorte de m'en débarrasser en m'éloignant, quand je vis près de moi un nouveau venu, négociant français d'Alexandrie qui riait de l'aventure. Il m'expliqua la cause de l'enthousiasme exagéré de ce nègre : au moment où j'allais le payer, le pauvre diable ayant aperçu à l'extrémité de mes doigts effilés par la maladie, de grands ongles blancs, taillés avec soin, m'avait pris pour un grand seigneur, — il paraît qu'en Egypte c'était une marque de haute distinction, — et se trouvant très honoré de ce que j'avais bien voulu prendre de sa marchandise, il refusait obstinément tout paiement. De là ces grands saluts, ces salamalecks que je ne m'expliquais pas. On eut beaucoup de peine à faire sortir cet homme de son erreur profonde ; moi-même j'employai tous les moyens en mon pouvoir pour lui faire comprendre que je n'étais qu'un soldat français très ordinaire ; il n'en voulut rien croire. Il était si peu convaincu, que, si je l'avais écouté, j'aurais emporté tout ce qu'il possédait sans qu'il voulût jamais rien accepter. Il est vrai qu'il n'aurait pas perdu grand' chose, car il n'en avait pas pour beaucoup d'argent.

On quitta Alexandrie le 11, à midi. Aussitôt après avoir franchi la passe par laquelle il avait pénétré dans le port, le « *Jourdain* » se dirigea vers le nord-ouest. La mer moutonnait ; à mesure que nous nous éloignions de la terre, la surface de l'eau prenait une teinte de plus en plus foncée, tachetée seulement de place en place par l'écume blanche des vagues. Le ciel aussi s'était considérablement assombri, le vent était devenu froid, tout enfin nous présageait du gros temps. En effet, avant la nuit, la mer était très mauvaise, il nous fallait employer toutes nos forces pour nous maintenir en place et ne pas suivre chaque fois le bâtiment dans son roulis continuel.

Ce mauvais temps dura trois jours ; il n'y eut un peu d'accalmie que dans la matinée du 15. Dans le courant de la journée précédente, le « *Jourdain* » avait été rejoint et devancé par un vapeur anglais portant la « *Malle des Indes* ». Ce magnifique bâtiment, dont la puissante machine était surmontée de quatre cheminées énormes, avait quitté Alexandrie bien après notre paquebot et, l'état de la mer ne le gênant aucunement dans la rapidité de sa marche, il allait toucher à Malte avant nous. D'ailleurs, nous avions déjà un jour de retard sur la date fixée pour notre mouillage dans ce port. La mer s'étant calmée dans le courant de la journée, notre bâtiment regagna un peu du temps perdu, ce qui nous permit d'arriver à Malte le 16, à quatre heures du matin.

Pendant ce second séjour dans le port de La Valette nos distractions furent beaucoup moins variées que lors de notre premier passage au mois d'août précédent. La matinée fut employée par l'équipage à renouveler la provision d'eau douce, de charbon et de vivres frais. Quelques Maltais vinrent, comme toujours, à notre bord chercher à vendre du tabac, encore des fruits et même des chemises de toile fine, produit de l'industrie du pays qui avait une certaine renommée à cette époque. On fut aussi obligé de débarquer deux soldats du 13e de ligne qui furent transportés à l'hôpital anglais, en raison du mauvais état de leur santé.

Le « *Jourdain* » quitta le port le même jour à onze heures. La mer fut relativement bonne tout l'après-midi. Il soufflait une bise assez favorable qui avait engagé le commandant à faire déployer les voiles pour activer la marche ; mais tout à coup, vers le soir, le vent étant devenu impétueux en changeant de direction, les voiles furent déchirées en mille pièces dans l'espace de quelques minutes, en même temps que les vagues, soulevées furieusement, semblaient se jouer de notre paquebot. C'était le commencement de la tempête qui ne nous laissa plus de repos jusqu'au terme de notre voyage.

La nuit du 16 au 17 fut affreuse : on ne pouvait se tenir ni couché, ni debout, ni assis ; dans toutes les positions on roulait. Ceux qui essayaient de dormir quand même, étaient à chaque instant réveillés par un objet mal assujetti qui tombait avec fracas, ou bien par le bruit épouvantable qui retentissait sur nos têtes, chaque fois qu'une lame d'eau, coupée par l'avant, s'abattait sur le pont.

Vers le milieu de la nuit, le vent, devenu plus violent encore et tournant à tout moment, acheva de détruire ce que la première bourrasque avait épargné, tandis qu'une vague énorme, prenant le bâtiment presque de flanc, brisait en deux son mât de beaupré.

Ce fut un moment terrible. Le clapottement sinistre des débris de voiles et de cordages contre les mâts ou les vergues, les craquements de toute la mâture, le bruit sourd que produisait sans cesse, contre le bâtiment, le choc du beaupré suspendu par ses câbles, l'eau qui nous arrivait, descendant en cascade par l'escalier, jusque dans la cabine, à chaque mouvement de tangage, tout cela nous effrayait au dernier degré, et nous étions d'autant plus épouvantés du danger que nous courions, qu'il nous était impossible de nous rendre aucun compte exact de la situation.

Deux fois pendant cette longue et horrible nuit, le « *Jourdain* » faillit sombrer ; marchant presque à la dérive, au gré des flots, il embarquait à chaque coup de mer des vagues qui devaient l'engloutir.

Quand le jour parut, nous étions près des côtes de Sicile. Le vent soufflait toujours avec tant de violence qu'il était impossible de se tenir sur le pont. Le commandant, jugeant alors nécessaire de réparer autant qu'il se pouvait les dégâts de la nuit et concevant de l'inquiétude sur le sort du « *Jourdain* » et de ses passagers, voulut entrer dans le port de Marsala dont nous étions peu éloignés ; mais après d'inutiles manœuvres il dut y renoncer et chercher un autre abri. Quelques heures après, nous étions arrêtés derrière une petite île, non loin de Favignana, au nord de la Sicile.

Cette île n'était autre qu'un immense rocher taillé en forme de cône, fort élevé, à peu près dépourvu de toute végétation, mais présentant assez d'étendue pour nous garantir de l'ouragan qui durait toujours. Après avoir sondé la côte en plusieurs endroits, on jeta l'ancre et les matelots se mirent à l'œuvre. Les voiles principales mises en lambeaux depuis la veille furent remplacées, les débris du mât de beaupré ramenés sur le pont, enfin les autres mâts furent raccourcis et les hautes vergues enlevées pour que le navire fatiguât moins pendant le reste du voyage.

On repartit vers quatre heures du soir. Le vent s'était un peu apaisé ; mais la mer était toujours très agitée. Avant la nuit, le « *Jourdain* » avait repris la pleine mer qu'il tint encore pendant toute la journée du 18 et toute la nuit suivante. Durant la matinée du 19 la terre reparut ; c'étaient les montagnes de Sardaigne que l'on côtoya jusqu'au soir ; puis on pénétra dans le détroit de Bonifacio. La mer y était tranquille, il pleuvait, l'ouragan nous semblait complètement apaisé et nous espérions déjà passer une bonne nuit qui nous remettrait des émotions des jours précédents ; mais nous comptions sans le mistral, ce vent si redouté des matelots à cette époque de l'année et en présence duquel, nous disaient-ils, ce que nous avions vu n'était rien, quand il se mettait à souffler. C'était peu rassurant.

Le temps était très noir, les nuages épais qui s'étaient amoncelés au-dessus de nous ne présageaient rien de bon. Cependant le paquebot avait franchi le détroit sans embarras et s'éloignait rapidement des côtes pour se rapprocher de la France dont nous n'étions plus séparés que par une traversée normale de vingt-quatre heures. Nous nous étions couchés et nous reposions paisiblement dans notre cabine, quand soudain une tempête furieuse se déchaîna entre six et sept heures du soir.

Abîmé de fatigue et de sommeil, je m'étais profondément endormi ; mais je fus promptement réveillé par le bruit effroyable des vagues s'abattant sur le pont et le tapage extraordinaire que produisaient d'énormes grêlons tombant au-dessus de nos têtes. Je crus un instant que tout était perdu ; déjà l'eau coulait à flots par l'escalier. Alors, marchant dans l'eau, en recevant de toutes parts, je montai sur le pont, et là je fus témoin du spectacle le plus effrayant qu'il m'ait été donné de voir : assourdis par le bruit terrible de la mer en courroux qui battait le navire en tous sens, par les roulements du tonnerre et la rage du mistral qui sifflait dans la mâture, les matelots allaient et venaient, se retenant à tout pour ne pas être entraînés, perdus sans ressources ; la lueur sinistre d'éclairs incessants permettait de distinguer de temps à autre le capitaine et son second, sur leur banc de quart, criant des manœuvres que l'équipage essayait vainement d'exécuter. Des vagues monstrueuses menaçaient à chaque instant de nous engloutir, puis, se coupant en deux, inondaient le pont tout entier; vingt fois j'aurais pu disparaître, si je ne m'étais solidement accroché aux cordages. Enveloppé dans un tourbillon irrésistible d'eau et de vent, le paquebot était incapable de lutter contre la tempête, le mistral paralysait tous les efforts de sa machine. Nous reculions au lieu d'avancer, nous étions menacés de nous voir briser contre les rochers, plusieurs matelots blessés étaient hors de service; alors le commandant prit le parti d'abandonner la lutte et, par une manœuvre hardie, de repasser le détroit, pour aller chercher un abri derrière la Corse. En effet il fit virer de bord et peu après nous étions de nouveau engagés dans ce détroit de Bonifacio que nous repassions avec une vitesse prodigieuse, chassés que nous étions par le mistral.

Pendant le reste de la nuit et la matinée suivante on longea sans danger la côte orientale de la Corse. Vers neuf ou dix heures du matin, nous étions en vue de Bastia. Le commandant voulut y relâcher; malgré tous les efforts de l'équipage, il fut impossible de pénétrer dans le port, tant le vent avait de prise sur le bâtiment en cet endroit. Nous étions cependant bien près de la ville, dont on distinguait les habitants sur les quais, ou aux fenêtres des maisons, regardant notre détresse. On dut se contenter de faire connaître la cause de la présence du paquebot dans ces parages, au moyen des signaux sémaphoriques habituels, puis on reprit la mer dans la direction de l'île d'Elbe.

Depuis le matin le temps était redevenu magnifique : plus un nuage au ciel ; sans le vent et les mauvaises vagues qu'il soulevait, c'eût été un plaisir de naviguer. Vers midi, nous étions assis à l'avant, sur le pont, bien abrités derrière un haut bastingage, lorsqu'une vague plus forte que les autres produisit un choc tellement violent contre la quille du « *Jourdain* », qu'il fut un moment comme arrêté sur place. Puis cette vague passant en voûte au-dessus de nous, s'abattit comme une masse sur le pont. Mes camarades qui, pas plus que moi, ne s'attendaient à prendre un bain à ce moment-là, furent, comme moi, péniblement surpris de se voir rouler dans l'eau sans pitié. Pour mon compte, j'eus beaucoup de peine à me remettre en équilibre et, bien que dans une situation aussi critique, je ne pus m'empêcher de rire avec les autres de cette baignade désagréable. Il n'y avait pourtant pas de quoi se divertir outre mesure, car peu de temps après nous étions encore en danger de sombrer vers la pointe S.-O. de l'île d'Elbe. Enfin à deux heures de l'après-midi, on pouvait pénétrer sans trop de difficultés dans la rade de Porto-Longuone. La petite ville italienne qui porte ce nom, le tire de la forme même du port au fond duquel elle est bâtie. Pour y arriver on est obligé de suivre un long détroit resserré entre deux chaînes de montagnes assez élevées ; ensuite l'espace s'élargit subitement et l'on se trouve dans un vaste port naturel parfaitement sûr.

On jeta l'ancre auprès d'une frégate chargée de soldats piémontais qui allaient à Gaëte, où Ferdinand II, roi de Naples, était à cette époque assiégé par les troupes de Victor-Emmanuel. Comme nous, cette frégate était entrée dans le port pour éviter la tempête.

Porto-Longuone est après Porto-Ferrajo le point le plus important de l'île d'Elbe. Cette petite ville m'a paru bien bâtie, son site est très pittoresque. Peu après notre arrivée, plusieurs personnes de l'équipage se rendirent à terre pour le ravitaillement, tandis que, pendant une grande partie du jour, des curieux et des marchands vinrent à bord du « *Jourdain* ».

On ne repartit que le lendemain à onze heures, laissant encore la frégate piémontaise au mouillage.

La mer était beaucoup moins agitée que la veille. Après avoir contourné l'île, le bâtiment se dirigea vers le cap Corse et de là sur les côtes de France dans la direction de Nice.

Pendant la nuit on suivit ces côtes toujours sous un vent violent; le lendemain on traversa les îles d'Hyères, on passa en vue de Toulon à l'entrée de la nuit, on doubla la pointe dangereuse du *Bec de l'Aigle* et enfin, le même jour, 22 décembre, à onze heures du soir, nous entrions dans le port de la Joliette, à Marseille, heureux de revoir la France après seize jours de mer depuis notre embarquement à Beyrouth.

On ne nous laissa débarquer que le lendemain matin, et le soir je partais par le chemin de fer. Je trouvai en France, une température bien différente de celle des pays que je venais de quitter. Une couche épaisse de neige couvrait la terre depuis Tarascon jusqu'au terme de mon voyage ; il faisait un froid glacial, et je fus pris en route d'une fièvre tellement intense que je fus obligé de m'arrêter d'abord à Lyon, puis à Dijon, et même d'y coucher.

J'arrivai enfin le 25 décembre, à dix heures du soir, exténué de fatigue, au milieu de ma famille qui, loin de m'attendre, me croyait encore en Syrie, et que j'étais d'autant plus heureux de revoir que, dans ce périlleux voyage, j'avais échappé bien des fois à la mort. Je revenais si amaigri, si défait, que les miens ne me reconnurent pas tout d'abord et que, quand ils se furent remis de la surprise que je venais de leur causer, ils ne savaient s'ils voulaient rire du plaisir de me revoir, ou pleurer du piteux état auquel ils me voyaient réduit par les conséquences de la campagne.

EPILOGUE

Six mois après mon retour en France, au mois de juin 1861, je fus informé que l'occupation de la Syrie par les troupes françaises allait cesser et que le 5e de ligne, désigné pour la garnison de Blois, devait s'y trouver réuni dans le courant de juillet. Quoique mon congé ne fût pas encore expiré, je m'empressai de rejoindre la portion de mon régiment déjà casernée au château de cette ville. J'eus donc le plaisir d'être témoin de la brillante réception qui fut faite, à leur arrivée, aux deux bataillons revenant de l'expédition.

Peu de temps après, S. M. I. le Sultan Abdul-Medjid voulant laisser au corps expéditionnaire un souvenir de la campagne, lui accorda 150 décorations de son Ordre du Medjidié, qui devaient être réparties par les soins de la Chancellerie française. Il en fut accordé une trentaine à mon régiment, depuis le grade de commandeur pour le colonel, celui d'officier pour les autres officiers supérieurs, jusqu'à la décoration de 5e classe, ou chevalier, pour les officiers subalternes, les sous-officiers, les caporaux et les soldats.

Je fus chargé par le colonel, près duquel j'avais repris mes fonctions, de dresser, sous sa dictée, la liste des propositions concernant le régiment, et, lorsque je lui remis le travail demandé : « Je regrette, « me dit-il, que vous soyez encore trop jeune et sur- « tout que vous n'ayez pu suivre complètement la « campagne ; je vous aurais dit d'y ajouter votre « nom ».

Je sus infiniment de gré à mon colonel de cette façon de me prouver son estime, bien qu'elle dût rester sans effet.

La remise des insignes et des brevets eut lieu quelques mois plus tard, en 1862, en présence de tout le régiment assemblé sous les armes, dans la cour du château.

Cette solennité militaire laissa ainsi au 5e régiment de ligne un souvenir précieux, aussi bien pour les heureux privilégiés que pour les moins favorisés qui, cependant, avaient eu leur part non moins grande de fatigues et de dangers subis avec la plus complète résignation.

TABLE DES MATIÈRES

CHAPITRE V

CHAPITRE VI

CHAPITRE VII

Imp. G Saint-Aubin et Thevenot, Saint-Dizier, 15-17, Passage Verdeau, Paris.

www.ingramcontent.com/pod-product-compliance
Lightning Source LLC
LaVergne TN
LVHW020316230826
846091LV00003B/695

* 9 7 8 2 0 1 3 6 1 4 7 1 9 *